绘帝国

原创长篇小说

欢乐颂

徐东 著

百花洲文艺出版社
BAIHUAZHOU LITERATURE AND ART PRESS

图书在版编目（CIP）数据

欢乐颂 / 徐东著. -- 南昌：百花洲文艺出版社，2018.5

ISBN 978-7-5500-2782-4

Ⅰ . ①欢… Ⅱ . ①徐… Ⅲ. ①长篇小说 – 中国 – 当代 Ⅳ . ①I247.5

中国版本图书馆CIP数据核字(2018)第063361号

欢乐颂

徐 东 著

出 版 人	姚雪雪
责任编辑	游灵通
书籍设计	雨 葭
制 作	周璐敏
出版发行	百花洲文艺出版社
社 址	南昌市红谷滩新区世贸路898号博能中心一期A座20楼
邮 编	330038
经 销	全国新华书店
印 刷	南昌三联印务有限公司
开 本	710mm×1000mm 1/32 印张 7
版 次	2019年1月第1版第1次印刷
字 数	120千字
书 号	ISBN 978-7-5500-2782-4
定 价	32.00元

赣版权登字 05-2018-158

邮购联系 0791-86895108

网 址 http://www.bhzwy.com

图书若有印装错误，影响阅读，可向承印厂联系调换。

一切众生都从自然的乳房上吮吸欢乐。

——席勒

目 录

第一章　初　恋

一天下午，李明亮得知爷爷走了，他从学校骑车匆匆赶回家中，看到披麻戴孝的家人哭得伤心难过的样子，自己却哭不出来。他呆呆地望着躺在灵床上的爷爷，突然就想走上去抱一抱爷爷，却被阻止了。

以前爷爷赶集时总是会把买来的香喷喷、黄澄澄的烧饼放在怀里暖着，带回来给还是个孩子的李明亮吃；父亲在要打犯了错误的李明亮时，爷爷得到消息便像风一样赶过来，拿着赶牛的鞭子，怒气冲冲地要抽他的父亲……李明亮的泪水突然就流了出来。

办完爷爷的葬礼，母亲笑着对李明亮说："我的儿哟，你不哭外面的人还以为你心里没有你爷爷呢！你爷爷那么疼你，还好你哭了，堵住了他们的嘴！"

那是个冬天，李明亮骑着那辆破旧的自行车返回学校时，看着路两边落光了叶子的灰黑的树，树枝刺向阴郁的苍穹，他感到自己的那颗心如同埋在泥土中的种子在渴望萌芽、拱出泥土，渴望迎着阳光与春风，去爱与被爱了。

李明亮想到了同班同学周小凤。想到周小凤，他的心里升起了一

欢乐颂

一轮皎洁的满月，那是周小凤的脸。那张脸有着挺挺的鼻子，弯弯的眉毛，薄薄的单眼皮，水汪汪的眼眸，还有花瓣一样红艳艳的小嘴。他想要与周小凤谈一场恋爱了，他觉得她踮着脚尖走路时扭来扭去的样子很特别，把长发束起来扎成的马尾辫儿走路时荡来荡去的样子也很特别。

回到学校，李明亮压抑着对周小凤的感情，精神有些恍惚，没法儿安心学习。他觉得让自己解脱的唯一办法就是向她表白。

一天晚自习结束后，他终于像梦游一样走过去，对正打扫卫生的周小凤说："周小凤同学，我喜欢你！"

说出那句话他好像才醒了，觉得不该那样说。当时教室里还有不少别的同学，有的正准备离开教室回宿舍，有的值日生开始把凳子放到桌子上，准备打扫卫生，叮叮当当的，有些嘈杂。李明亮走向周小凤，站在她面前时已经引起了一些同学的注意。当周小凤抬起她俏丽的丹凤眼，吃惊地看着那时又高又瘦，像根麻秆似的李明亮时，以为自己听错了。

李明亮又傻傻地说了一句："我喜欢你！"

周小凤快速地瞄了一眼正在望着他们的同学，脸腾地红了，接着，他捂着脸小跑着出了教室。

有些话说出去了，就像泼在地上的水收不回了。李明亮反省，自己不该那样肆无忌惮地向她表白，尤其是当时班里还有别的同学的时候。那太唐突了，即便是她对自己有意思，也会一时没法儿接受。那时的他还挺自信，他觉得自己是班长，又是文学社的社长，身高长相也不差，周小凤应该喜欢自己。

第二天周小凤换了一身新的衣服，上身穿了一件白毛衣，外面套了一件黄色的小马甲，马尾辫儿扎得也格外高，显得越发清纯美丽了。李明亮心中暗喜，以为她是因为自己才有了改变。

李明亮想找个机会对周小凤做个说明，想对她说自己不过是喜欢她，并没有别的意思，让她别有太大的心理负担。没有别的意思，是说他没有不洁的对她的性幻想，想对她怎么样。他想否认那一点，强调只是很美好地在喜欢她。

李明亮写了一张纸条，在没有人的时候偷偷放在了周小凤的文具盒里，纸条上写了时间和地点，想约她到校园外面去谈一谈。

在约定的地点，李明亮等了整整一个晚上，最终也没有看见周小凤的影子。在那个初春的夜里，他在离中学不远的一座桥上焦虑不安地来回走着，看着不远处县城的灰淡灯火，看着在夜色里灰黑一片的树林和田野，呆呆地看了很久。他明明知道周小凤不太可能再来了，却还是固执地等了下去，因为纸条上写了"不见不散"，他得守信用。后来他冷得实在受不住了，就找了一个打麦场上的麦垛，弄了些麦秸盖到身上睡了一会儿。

第二天早上，李明亮冻感冒了，头重脚轻，浑身发热，恍恍惚惚地回到了学校。他可以早一些回学校，叫醒门卫也是可以，但为了自我惩罚，硬是在外面待了一个晚上。那个失意的夜晚让他感到自己是真的喜欢上了周小凤。真心喜欢一个人是多么美好啊，那种美好仿佛终于让他找到了来到这个世界上的意义，人活着的意义。当然，那是

欢乐颂

一种内心的体验，一种精神上的、想象式的美好。在现实中的他发着高烧——据同宿舍的同学说，他被烧得在梦中胡话连篇。

一周后，李明亮分析了爱与喜欢周小凤的心理，真诚且坦白地写了足足有十张信纸。在那封长信中，他写到莫名对她的喜欢，并且强调了喜欢并不是爱。其实那就是爱，是他受挫后想找个台阶下，是他无力的辩白，也可以说是一种虚伪表现。人在现实中很难不虚伪，但李明亮想要做个真诚的人。他傻兮兮地在信上写了对她的感受，从头到脚、从里到外写了一遍。大概是说，他喜欢周小凤生机勃勃的马尾辫，喜欢她的大脸和俏丽的眉眼，喜欢她的细腰、粗腿、丰臀，喜欢她踮着脚尖走路时怪怪的带劲的样子。李明亮说，他喜欢周小凤是从内心里喜欢，是从灵魂的深处感觉到她就像个仙子一样特别美。他认为她的美和春天里的鲜花一样，和世间一切美的东西一样，应该大公无私地、自然大方地与人分享。他还写了自己的内心活动，说从第一眼看到她的那一天起，自己心中那个长满了奇花异草的花圃里就种下了一粒非常特别的花的种子，那粒花种很快生根发芽，成长为一棵枝繁叶茂的花树，在自己的世界里没边没际地盛开了，那一树繁花恰似令人惆怅的夜空中的繁星。只是他没有意识到自己在喜欢她，直到不久前疼爱他的爷爷去世，他才发现自己喜欢上了她。

周小凤给李明亮的回复很简单，她说他是个脑子里进了水的神经病！

尽管周小凤的回复不能令李明亮满意，但他还是非常高兴，因为她毕竟回复了他。李明亮也总结反省了一下，觉得自己可能是太过真实了。他不该对她的身体进行描写，那不等于说自己在渴望她的肉体，想和她那个吗？其实，那个时候尽管李明亮生理上早就发育成熟了，却还真的没有明确地想到就和谁怎么样，因为传统的教育令他有着一种羞耻感，觉得性是神秘的、不健康的东西，是不好意思那么去想的，想一想就觉得自己道德败坏不纯洁了。那时的他把全部的周小凤当成了自己在这个世界上必须喜欢的女人的一个代表，把她当成了青春期的一个想要爱的对象。

李明亮在楼道上，在操场上，在通往教室的路上常常怀着美妙的感情盼着周小凤俏丽的身影出现，然后偷偷地看着她向教室走来，或者回到宿舍。只要能看到她，李明亮就有一种心满意足的快乐和幸福感。尽管周小凤骂了他，拒绝了他，他还是很难死心。他把周小凤拒绝自己的责任承担下来，觉得是自己在某个方面做错了，引起了她的反感，而这并不是他这个人不值得别人喜欢。

在喜欢上周小凤之后李明亮注意了自己的形象，他像个女孩一样经常一个人照镜子，照的结果是，他对自己的长相和形象总体还算是满意的。那时的他脸上生了青春痘，不是太多，但还是让他特别苦恼，觉得那些痘痘是故意出来捣乱，让周小凤嫌弃自己。由于家境条件不是太好，他穿的衣服也总是皱巴巴的，换来换去也总是不能换出个新的精神面貌。李明亮省吃俭用，还骗了父母说要买复习资料，后来终于存了一百多块钱，他买了一身廉价的、带条纹的灰蓝色西服，皮鞋买不起了，就只好买了一双十多块钱的白球鞋。

那时候的李明亮是个有志青年，喜欢写诗，有位同学叫孙勇的也喜欢文学，他们经常在一起聊天。孙勇不明白他为什么会喜欢周小凤，他觉得周小凤就是个装模作样的女生，根本配不上李明亮。

李明亮问孙勇自己是不是对周小凤做错了什么。

孙勇说："哥们，我很想说你没错，可惜你真的错了！我觉得随便换一个女生都比她强，她一看就是那种特别虚伪的女孩，我都不知你喜欢她什么。"

李明亮后来也渐渐对自己究竟喜欢周小凤什么感到模糊了，他觉得她个头不高，和高个子的自己不搭配。她的脸显得太大，比起那些影视女明星来也算不上特别漂亮，也许并不值得自己来爱——但是那只是一种在思想情感上的刻意否定，他还是忍不住喜欢她，觉得她就应该是属于自己的。再后来他为自己找了借口，觉得自己喜欢周小凤是在进行一次感情试验。正如到了一定的年龄，人人都会对异性产生好感一样，他仅仅是对她产生了好感，不过是希望与她一起进行一场感情的试验，以求证他们是不是合适成为恋人。

那样的想法，是在被拒绝后的一种心理活动，一种假设。不过李明亮还是把那种自以为真诚的，实际上却没经过大脑的想法写在纸上，又偷偷地放在了周小凤的文具盒里。他的目的可能也包含着不想让周小凤有被爱着的压力，或者不想让她有被爱着的优越感，并以此来抵消自己被拒绝的失落感。

周小凤看到那封信之后，觉得李明亮简直是不可理喻，甚至是有些可怕了，她用纸条回复说："我不想成为你爱情的试验品，因此我很庆幸没有接受你这样一个自私而且虚伪的人的爱情表白。"

李明亮开始怀疑周小凤是自私而虚伪的女孩，那种感觉让他痛苦，可在看着她时还是会忍不住喜欢她，觉得和她有一天终会达成共识，成为比翼双飞交颈相爱的鸟儿，成为并蒂的花儿连理的枝。因此他回复说："我喜欢你完全是一种真诚、自然、美好的表达，甚至也可以说是一种无私的爱的奉献。"

周小凤又回复说："你无耻下流！你做梦！你给我滚！滚滚……我再也不想收到你的任何纸条了。"

在那段时间里，李明亮觉得周小凤做什么都是在演戏给自己看。在班上，他坐在后面，周小凤坐在前面，如果她一回头，他就觉得她是在看自己。感到她在看自己的时候，李明亮会不好意思地避开她的目光。那种喜欢与爱着一个人的感觉就像一团云雾一样，一味自然地从他的生命深处升起来，袅娜飘荡着消散在蓝天里，也仿佛充满了全世界。

在收到周小凤几乎是愤恨不已的回复后，李明亮对周小凤声称自己是一个有理想有追求，而且有特别情感和思想的人，虽说在表达上引起了她的误会，但还是希望她能够理解。因为自己对她的感情是纯洁的，简直像天上洁白的云彩、泉眼中清冽的水一样纯洁，甚至像林中的小鹿一样天真可爱。

周小凤又忍不住回复说："一个自称有理想有追求，有特别思想情感的人难道不正是那种枯燥乏味、没有情趣、自高自大、自欺欺人的人吗？还天真可爱的小鹿呢，你让我觉得讨厌和可怕，希望你以后不要再给我写信，你已经严重干扰了我的学习和生活，这是我最后一次回复！"

可是第二天李明亮所写的内容又得到了回复，李明亮想明白周小凤为什么会拒绝自己，想要请她说一说理由。

周小凤回复的理由是："你太自以为是，太不顾别人的感受，最主要的是我对你根本就没有任何感觉。我不可能喜欢你，请你最好早一点死心！"

看到那样的回复之后，李明亮心里特别失落，但却并没有死心。他习惯了在晚自习后最后一个离开教室。那个习惯也可以说是他向周小凤的文具盒里放纸条时渐渐养成的，虽然在以后的时间里他向周小凤的文具盒里放的纸条，周小凤再也没有回复，但他还是习惯了晚自习后一个人静静地坐在教室里想她。那时他感到教室是一个舞台，而他与周小凤就是那个舞台上真正的主角，她不在的时候，他就想着她一个人表演。

李明亮也会早早起来去教室，看着安静的一排排桌椅若有所思。那个时候他想做的事情有很多，感觉自己想要支配一切，改变一切，通过所有的努力来获得周小凤的好感。他的学习成绩一直不错，高中一年级时就是班里的学习委员，高中二年级时成了班长。除了在班里担任职务，他在学校里还成立了文学社，出任社长和主编，每个月出一期报，获得了许多师生的好评。他一直在想，自己这么优秀，为什么不能获得周小凤的心，让她喜欢呢？

李明亮也消沉过一段时间，后来觉得不能那样，于是又开始带着文学社里的十多个社员去学校外面的田野或树林里朗诵诗歌，相互辩论，练习演讲。那时他有从政的想法，想改变问题多多的世界，让全世界、全人类变得更加美好。他们文学社里也有喜欢写作的女生会对他有好感，也有漂亮可爱的，但那时李明亮的眼里心里却只有周小凤。班里的一些女生知道他喜欢周小凤，看他的眼神也怪怪的。她们会认为她周小凤有什么好啊，像李明亮这么优秀的男生怎么就喜欢她呀，也太没眼光了。李明亮作为班长的威信也因此受到了影响，说话不再像以前那样好使了。为此他还把班里的体育委员叫到小树林里，两个人打了一架。

看得出，体育委员也喜欢周小凤，只是全班同学都知道李明亮喜欢周小凤了，他不好再怎么样，但他与周小凤走得比较近，是比较好的朋友。他在工作上不配合李明亮，一次两次，李明亮忍了，后来李明亮觉得不能再那样下去，就把他约了出来。他们打了一架，没人知道。李明亮把体育委员约出来，用打架的方式来解决他们之间的矛盾。胜负并不重要，打完之后他们终于达成和解了。李明亮的意思是，该体育委员做好的工作他得无条件去做好，因为他在那个位置上。他如果喜欢周小凤，也可以去追求，完全没有必要为了周小凤对他有看法，不配合工作。

李明亮一直被周小凤拒绝，她处处躲着他，像躲一个追债的地主恶霸一样。看到周小凤那样，李明亮感到特别无辜。高三下学期，就要毕业天各一方的时候，他想和周小凤有一个了结。

又是在晚自习的时候，又是鬼使神差一般，李明亮拿着为周小凤写的一首长诗，走过去对她说："我为你写了一首诗，请你看看好吗？"

那时晚自习还没有结束，全班的同学都抬起头来看他们。教室里静悄悄的，静得落一根针都能听见。周小凤在自己的座位上，扭头狠狠地看了李明亮一眼说："我没兴趣！"

周小凤那时根本没有料到李明亮会那样贸然地来到她的面前，而且还当着全班同学的面，因此她看李明亮的眼神是愤怒的，甚至是带着一些仇恨的。

李明亮却像个白痴一样看着她说："我觉得我们应该好好谈一下，也许我并不是爱你，只不过是喜欢你！"

那个时候的李明亮确实已经不怎么爱她了，而且准备要放弃了。但那也只是一种想法，事实上他一直爱着她。他那时也已经预感到事情要闹大了，可就是鬼使神差地无法停止。

周小凤用她好看的凤眼看着李明亮，也等于是对全班同学宣告说："我早说过了，我从来对你就没有感觉，你究竟要我怎么样？"

李明亮灰着脸，固执地说："我只想跟你谈一谈！"

周小凤说："我不想，请不要强迫我好不好？我的忍耐是有限度的！"

李明亮像是较上了劲似的说："我并不是想要强迫你，我心里真的很难过——你为什么不能给我一个坐下来谈一谈的机会呢？"

周小凤冷笑了一声，满脸带着不屑的表情说："很简单，我讨厌你！讨厌你，明白吗？"

李明亮说："现在我也很讨厌你，但是我感到我仍然在爱着你，你能理解这种感觉吗？"

周小凤可能是实在忍受不住了，她骂了起来："你、你他妈的无耻！你、你有什么理由讨厌我？"

李明亮也急了，冷着脸说："你敢骂我？"

周小凤霍地从座位上站起身来说："我就骂你了，怎么样？你妈的！"

全班的同学都盯着呢，李明亮感到自己滚烫的热血顿时冲到了头顶，长期积压的委屈和单恋的痛苦，以及周小凤那种仇视他的态度使他愤怒，无法自制。

啪！他忍不住抽了她一个耳光，大声说："你再骂！"

周小凤又骂了一句："你妈的！"

啪！李明亮反手又抽了她一个耳光。

李明亮就像不受控制似的打了周小凤，他看到她两边的脸肿了起来，很快就清醒了。他觉得自己错了，真是错了，自己怎么能打她呢？

周小凤的妈妈想要见一见李明亮，和他谈一谈。

李明亮感到有些意外，却也有些期待。无论如何，他爱着周小凤，希望能得到别人的理解。在学校外面的小树林里，他与周小凤的妈妈见了面。

周小凤的妈妈五十多岁，穿着青灰色衣裤，个头不高，也是大脸盘。一见面就自我介绍说："我是周小凤的妈妈，原来是镇小学的教师，后来因为教育局说我神经方面出了问题，不让我教了。我教的是数学，思维缜密得很啊，我看他们才有问题。不错，不错，很好的一个小伙子，个子挺高的，小凤她爸活着的时候和你差不多高……"

欢 乐 颂

周小凤在一旁看着自己的妈妈跟李明亮说话，难过地把头低下了。

周小凤的妈妈接着说："我都听说了，你打了小凤。你知道吗，小凤哥哥是练武术的，他听说你打了小凤，非要过来找你算账，是我硬拦了下来。别看你这么高，可你瘦啊，你可不是他的对手，你老老实实地对我说，你对我们家小凤有那个意思，是真的吗？"

李明亮老老实实地点点头。

周小凤的妈妈微微笑着，看上去完全像个正常人一样，她又说："好，有勇气承认就好，做事要认真，做人要诚实。现在你们最重要的是学业，懂吗？爱情是不能当饭吃的，空谈爱情是要出问题的。你们要先上好学，拿到好的学历，找到好的工作，有了稳定的收入然后再谈，我这样说你同意不？"

李明亮又老老实实地点了点头。

周小凤的妈妈说："我一直是这么教育我家孩子的，你对她说了些什么，做了些什么，她都告诉我了，我们从小家教好，孩子不会说谎，你以前是不是单独约过她？"

李明亮还是点头。

周小凤的妈妈笑了，她说："你呀，真是个没有脑子的孩子。你想一想，学校外面就是庄稼地，你要是拉着她到地里去怎么办？女孩是不能随便答应和一个男孩单独见面的，起码我们家的孩子不会！"

当时李明亮的心情特别复杂，忍不住说："阿姨，您能不能让我和周小凤单独说说？我一直想和她单独说一说，可她不给我这个机会。"

周小凤的妈妈说："当然可以，我在这儿看着，你们出不了什么事！"

周小凤用手摸着衣襟，与李明亮走到不远的一棵大槐树下站住。

李明亮低着头说："对不起，真对不起，是我太冲动了，不该那样对你，我错了！"

周小凤低着头，用手摸了摸被打的还没有消肿的脸说："我也该说句'对不起'，后来我想通了，我应该给你一个解释的机会！不说了，真的，我真的没办法，我妈非要见你不可，她早就想要来见你了，我爸去世的时候她受了点刺激，所以……"

李明亮抬起头看着她说："真的对不起，我不知道你妈妈她有病，还有你爸爸，他不在了？"

周小凤皱皱眉头说："这与你没有关系！"

李明亮不好意思地说："当然，是没有关系，唉，现在我真是不知说什么才好，我……"

周小凤说："我爸爸在我很小的时候就去世了，是被汽车撞的。司机肇事后逃逸了，路上的人没有一个肯把他送进医院，死了。从那以后，我妈妈神经出了问题，出院以后就成这样了。我从小在这样的环境里长大，不相信任何冠冕堂皇的话，也不相信人与人之间所谓的真诚和友爱……"

李明亮说："难道你一点都不因为我喜欢你而高兴吗？"

周小凤说："我没有想到你会喜欢我，会那样对我说，后来我回到宿舍哭了。平静下来以后我很高兴，被人喜欢总不是一件坏事。但后来我不知道你为什么还要为自己找出那么多可笑的理由，什么情感实验……你越是解释我越是讨厌你。我不想见到你，不想听到你说话，也从来不看你办的文学社的报纸，你越是做出真诚的样子我越是觉得虚假，你越是想走近我，我越是远离你。"

李明亮说："对不起，真是对不起！你为什么要把我们的事告诉你妈妈呢？"

周小凤说："我怀疑我也是个有病的人，你相信吗？"

李明亮看着周小凤，摇了摇头。

周小凤无奈地笑了一下说："我告诉她，因为她是我妈！我告诉她，因为我也不知道该怎么样面对你的纠缠。"

李明亮说："我对你所做的一切虽然让你不高兴，但我是真诚的。不管怎么样，我还是喜欢你，这是真的。我有个提议，以后不管我们考到哪个城市，不管在什么地方，都保持联系好吗？"

周小凤点了点头。

李明亮和周小凤的学习成绩都不错，但因为李明亮，或者说李明亮也因为周小凤，他们都没有考上理想的大学。

李明亮考了个二本，周小凤考了个大专，两个人不在一个城市。

虽说他们说好了要保持联系，但李明亮由于打了周小凤，也不大好意思主动和她联系了。

周小凤自然也不愿意和他联系了。

第二章　同　居

　　李明亮和孙勇考到了在西安的同一所大学。

　　大学里有全国各地来的年轻漂亮的女孩，李明亮和孙勇看花了眼睛。只是李明亮上大学后花光了他本来就不富裕的家里的所有积蓄，能够用于生活的钱也少得可怜，根本没有钱买像样点的衣服，吃饭也只能吃最便宜的，没有去恋爱的物质条件。大学一年级时，虽说看到不少同学成双成对了，李明亮却只能大部分时间都泡在图书馆里。他阅读了大量的书，想要成为一名诗人，在大学时代也在地方报刊发表了几首诗，有了点小名气。大学二年级时，李明亮在孙勇的带动下开始做兼职，赚了一些零花钱，才有了钱，买了几件像样点的衣服，看上去也算是个体面人了，于是也终于谈起了恋爱。

　　让李明亮动心的是同班同学马丽。

　　马丽有一米六五的个头，穿着高跟鞋时就显得更高了。虽说算不上特别漂亮，但身材凹凸有致得足以让李明亮想入非非。而且那时的他大量阅读了文学作品，认识到两性关系并不是可耻的，因此特别希望能与一个女孩开始一场真正的恋爱。他和马丽曾经坐在一起学习，也说过话，但并没有机会深聊。当李明亮决定追求马丽时，他为她写了一首很长的情诗。为了卖弄自己，诗中还夹杂着一些英文。诗写得挺酸的，但是情诗不怕酸，马丽被他的那首情真意切的诗打动了，同意了与他约会。

第一次和女孩子正式约会，李明亮的心情特别激动，心里那种纯洁的、要爱上谁的情愫迅速传达到全身的每个细胞。他们一起吃过晚饭，然后散步。两个人走了很远的路，后来马丽说她的脚磨出了水泡，不能再走了。马丽家里经济条件也不好，她没有钱买好鞋，穿的是那种地摊上买来的二三十块钱一双的，要不也不至于把脚磨成那样了。

那天晚上，他们从学校出发，转了很大的一个圈。李明亮跟马丽谈自己的文学理想，虽然马丽也念的是中文，对写作却并不感兴趣，她当时只是觉得会写诗的李明亮人还不错，还会写诗。

两个人散步的时候，李明亮一直想拉马丽的手，却又不敢，觉得那样似乎就冒犯了她。也许是两个人并肩走在一起时的夜色太美了，李明亮终于提出了牵手的要求，他说："我可以牵你的手吗？"

马丽觉得李明亮傻得可爱，就对他笑了一下，表示可以。

李明亮第一次正式地牵女孩子的手，那颗心被幸福的感觉涨满了，他觉得自己美妙的人生终于翻开了新的一页，全世界都在羡慕他。

为了获得马丽的爱，李明亮经常到学校门口的理发店里洗头吹风，打了摩丝，走起路来也昂首阔步得像个战士，显得特别精神。晚上睡觉的时候也很小心，生怕弄乱了发型。

半个月后，李明亮花了五块钱在一家工艺店买了一个工艺小南瓜，打开里面是一只七星瓢虫，他在里面认真地写了"I love you"几个字，送给了马丽。那是他第一次送给马丽礼物。

马丽很喜欢，笑着说："以后我就叫你'虫子'吗？"

李明亮点点头，"嗯"了一声。

当天晚让，他们亲吻了，那是李明亮第一次吻一个女孩。那种感觉，就像世界上所有的花都在心中盛开了，他就像一只幸福的、被花香迷醉了的蜜蜂。

总共谈了不到两个月，像许多恋爱中的同学一样，李明亮和马丽也在学校外面租了房子，同居了。第一次与女孩合二为一，那种爱与欲的结合使李明亮感受到真正拥有了爱的幸福，人生的意义。他在心里感激马丽，觉得应该永远爱她。

他们租的房子当时一个月只需要八十块钱，可对于他们来说，八十块钱也不算是一个小数目。那时一碗豆腐花加两根油条也不过一块多钱，一个人每天的生活费五块钱就够了。那时用手机的人还不多，他们都还没有手机。

李明亮和马丽买来锅碗瓢盆，用蜂窝煤烧水做饭，像是结了婚的小夫妻，居家过起了日子。大学的课不是那么多，学生也比较自由一些，他们有很多时间泡在一起。李明亮喜欢阅读和写作，希望能成为一位优秀的诗人，马丽那时却一直做着生意赚钱，改变自己家庭的状况。她喜欢逛街购物，可又没有多少钱。李明亮不太喜欢逛街，觉得没有意思，可马丽总喜欢拉上他。有一次李明亮和马丽跑了很远的地方，去一个彩票发售现场。他们都想试一试自己的运气。有歌星唱歌，彩票发售现场的人很多，他们抱着中彩的希望，分几次买了一些彩票，可惜一张都没有中。

最后他们只剩下搭车回家的钱了，李明亮看着马丽失望的表情，有点不忍心，于是破釜沉舟地说："我们最后买一张吧，要是不中，大不了走着回去。说不定上帝会同情和照顾我们，让我们中奖。"

马丽笑着同意了。

李明亮又买了一张彩票，结果又没有中。

两个人只剩下了一块钱。李明亮考虑到马丽穿的是劣质鞋，走回家去可能又会磨出水泡，就让她搭公交车走。没想到马丽拿上钱就走了，连句话都没有说，像赌气一样。

李明亮一个人步行了二十多里路，晚上十点多才回到家。没有想到马丽见到他就哭了，抱怨说自己不该和他好，该考虑找一个有钱的男人。

李明亮说："我现在没有钱，谁能保证我将来没有钱？将来我也写小说，写出了畅销书，版税加稿费，钱不光是人民币，还有美元、欧元，哗哗地来，到时候车啊房啊，什么都有了！"

马丽并没有被李明亮的美妙设想感动，当时她真的很难过。她过怕了穷日子，不是她不能过那样的日子，主要是她还有着一种无法推却的家庭责任。她的家里原来是挺有钱的，有钱的时候家里有过几辆运货的卡车，每个月都有不少进账，那时候一家人都是高高兴兴的。后来她的爸爸迷上了赌博，把一切都输光了，还欠了一些别人的债。

还清债务后她爸爸变得一蹶不振，整天借酒浇愁，妈妈对此也是一筹莫展，唉声叹气。从富有到一无所有，家庭经济情况的改变，左右着一家人的喜怒哀乐。那时的马丽就一直想通过自己的努力，来改变家庭情况。

马丽是那种喜欢臭美的女孩，有时花几十块钱就可以让自己变得漂漂亮亮，心花怒放。但是以他们当时的经济情况，即便是几十块钱也不能够随便支出。因此，渐渐地他们之间有了一些争吵。

马丽喜欢看到清爽体面的李明亮，但李明亮自从把她追到手，两人同居之后，便不太在意自己的形象了，有时候马丽说多了，他还嫌她烦。马丽的眼睛挺大的，戴着厚厚的玻璃镜片，度数也挺高的，一哭的时候就把眼镜摘下来，什么也看不清楚了。李明亮常常把她弄哭了，又逗笑她，笑时她就戴上眼镜，看着他发愁。

马丽常说："我们什么时候才有一百万呢？"

李明亮就笑着说："快了，很快就有了。"

马丽十分清楚，她不能总是生活在梦想中，应该行动起来。

大四的下学期，没有找到实习单位的马丽建议李明亮放弃在报社实习的机会，跟她回老家去做生意。她说自己调查研究了服装市场，在她家乡县城，缺少新样式的服装。她打算和妹妹开一家服装店。她进货，妹妹销，好的话每年赚个十多万不成问题。马丽说她的爸爸以前有钱时她要什么就给她买什么，即使在她上大学后，家里没有钱了仍然硬撑着，给她借学费、生活费，尽量满足她的需要。现在爸爸的头发有一半都白了，整天闷闷不乐，她想让爸爸快乐起来。马丽说得泪眼婆娑，李明亮也很感慨，可他当时对做生意一点兴趣都没有。没有办法，马丽只好一个人回家，和妹妹一起打理生意，准备毕业后自己做。

马丽负责进货，然后带回家里。她每一次进货时，李明亮都要帮着她，为她拎着衣服袋子，回到家里时，骨头都累散架了。李明亮觉得马丽每次进那几包货，除去来回的拖运费、她的车费，也挣不了多少钱，看到她那样投入地在做事情，又不能说她，怕她伤心。

有一次，马丽从老家回来，李明亮下班时她已经在家里等他。一见面，马丽就从床上弹起来，走过来抱李明亮，李明亮也有些木然地拥抱着她。

马丽发现李明亮没有亲吻自己，就问他："虫子，你怎么了？"

李明亮没有说话，不知说什么。因为他不久前刚认识了一个叫余小青的女人，他的心活动了，面对马丽的时候有些不适应，在感情上还无法完全投入。

因为分别了有些时间，马丽的脸红红的发烫，想要他。而李明亮看着同居了将近三年时间的，他所熟悉的马丽，看着她清丽的面庞、丰满的身材，也感觉到她正是自己爱着的人，他也想要爱她，且永远爱着她，不管怎么样——另一个女人只不过是长得漂亮，对他也有意思罢了！

马丽很敏感，她说："你有点反常哦虫子，是不是背着我干坏事了？你老实说吧，我绝对是不会怪你的！"

李明亮红着脸说："你别胡思乱想！"

马丽说："你肯定有事了，你说吧。"

李明亮去房间外面的水管洗了手，回来点了根烟，想了想，觉得应该让马丽觉得他正常。他体会到她对自己的渴望，不该让她失望！他似乎想通了，把烟熄灭后抱住了马丽。

当他们的身体融合在一起的时候，那种熟悉的、忘我的欢乐的感受却被一种情感的纯粹感所干扰了，李明亮的脑海中又浮现出另一个女人的模样来。

马丽不在身边的日子，李明亮心里空落落的，有时阅读和写作的想法也被那种空寂感所影响，使他想要做些什么事情来对抗那种感觉。在住处不远就有一家洗头店，店里有一些女孩，李明亮吃过晚饭后在外面转了一圈，经过洗头店时看到了坐在门口沙发上的余小青。

当时余小青上身穿着一件海藻绿的薄毛衣，下身穿一条绣花的窄腿裤，白净的大脸，鼻子挺挺，眼睛又大又圆，嘴巴红嘟嘟的，再配上她那头染成深棕色的长长的头发，显得气质高雅脱俗。漂亮的余小青还有点儿像李明亮高中时喜欢的周小凤，这让李明亮上了心，以至于他忍不住走进了洗头店。

李明亮点名让余小青帮自己洗头。不过老板说她不是店里的，只是来玩的。当时李明亮就想让余小青帮他洗头，听说她不是店里的，便不想再浪费洗头的钱。

余小青见李明亮要走，便对老板笑着说："好啦，我就给他洗吧！"

欢 乐 颂

余小青说话的时候红嘴唇微张，露出好看的白牙。她从沙发上站起来时，一米七几的个头，让李明亮觉得她简直是个完美的女人。想到马丽不在自己身边，而他生命中的爱欲却一直在燃烧着，心里便有了认识她的念头。

余小青洗头不专业，却洗得很认真，在洗头的时候两个人聊天。

余小青说自己初中都没有毕业，是从乡下来的，爸爸和妈妈都有病，而且她的弟弟和妹妹都在读书，没有办法，她才在这家洗头店工作的。余小青聊天时全然忘记了刚才老板娘还说她不是这儿的人。当时的李明亮也没有多想，她说什么便相信什么。两个人聊得挺投机，洗完头，李明亮又想起她不是店里的人，便想约她出去聊天，借口自己刚和女朋友分了手，心情有点差——那时他的确和马丽闹了矛盾，两个人也谈到了分手，但并没有真正分手。余小青对李明亮也有好感，想继续和他聊下去，因此便同意和他一起出去了。出去后没有更好的去处，李明亮和余小青走着走着，便走到了自己住的地方。

李明亮让余小青上去坐坐，她同意了。当时李明亮住在一间很小的房子里，房间内有一张写字台、一台旧电脑、一张双人床、一把椅子、一个书架。李明亮给余小青倒水，杯子也不太干净。余小青想喝水，揣起杯子看了看，又放下了。

经过一番交心的谈话之后，余小青说自己曾经是轰动一时的名模特！

李明亮吃了一惊。

余小青说："我在十四岁时，有一次因为英语没有考及格，被爸爸罚站在雪地里。当时天很冷，因为赌气，我把鞋子和袜子都脱了，光着脚站在雪里。爸爸很疼爱我，我也是发现爸爸从窗子里偷偷看我才那么做的。果然，爸爸见我脱了鞋袜站在雪地里，赶紧走出来把我抱回房子里去了。那时我爸爸还在部队里，妈妈是一所大学的老师。他们两个人一直两地分居，妈妈带着妹妹还有弟弟，一家人一个月才能见一次面。后来我爸爸转业去地方办厂子，再后来又开了一家证券公司，现在深圳和北京都有我们的房产。"

李明亮觉得余小青太让人惊讶了，他怀疑地问："你不是说你爸爸妈妈是农民而且还有病吗？"

余小青不好意思地说："我是骗你的，你想，当时我对你这么说你还能把我带回来吗？"

李明亮"哦"了一声。

余小青又说："我爸爸把我抱到房子里，用他的手搓我的脚，我的脚冻红了。后来我爸爸又把我的脚放在他怀里暖。我的眼泪不争气地流下来。那个时候我觉得特别委屈。我不想读书，主要是我个子高，在班里的男生都没有我高，他们都欺负我，扯我的头发。我不想读书了，一赌气就拿了些钱来到了西安。我有个姑妈在那儿，但是我不敢去找她，我怕她再把我送回来。后来我在人才市场找了一份当保姆的工作，在一对年轻的老师家里给他们看了一年孩子……"

"看来你的经历还很曲折啊，后来呢？"

"后来，有一天我去街上买东西遇到了一个部队的模特队的教练，因为我的个子高，身材好，于是进了模特队……"

"你爸妈什么时候才找到你的？"

"一年以后，我爸妈都不同意我在模特队里待，他们想让我继续上学。我爸为了让我回去读书坐飞机来到西安，请我们教练在五星级的饭店里吃饭，还给他送了一箱子茅台酒，但是我们教练说要征求我的意见。我不想回去，爸爸也拿我没办法。为这事我妈还差点跟我爸离婚，那时候我妈让我爸去把我找回来，找不回来就要跟他离。第二次爸爸来找我的时候，看见我正依在墙根，头顶着一碗水练站军姿。那时候我的脸晒黑了，汗水唰唰地流下来，他心疼我找来教练让我不要练了，可我非要站够时间，结果那次父亲还是没能把我带回去……"

"那你妈和你爸离婚了？"

"没有，他们感情那么好，怎么可能呢？半年以后有一次模特大赛，全国的那种。我爸和我妈来看我表演，看着我在 T 型台上走着猫步，他们使劲鼓掌，激动得都哭了。他们没有想到我这么有出息，那一回我得了冠军。"

李明亮感觉到余小青怕自己的杯子脏，洗了杯子，又给她倒了一杯水。

余小青说了声"谢谢"，喝了一小口，然后让李明亮说自己的故事。

李明亮给余小青讲自己小时候的事，然后又讲他和周小凤的事。余小青兴趣不大，打了个哈欠。

李明亮说："要不咱们睡觉吧，天都快亮了吧。"

余小青对他笑了一下说："没关系！"

"要不把你的衣服脱掉吧……穿着衣服躺在床上不舒服。"

余小青脱掉了驼毛大衣，李明亮也脱掉了自己的衣服。

两个人上了床，靠在一起。

余小青躺在了李明亮的怀里，继续说："比赛结束以后，我爸和我妈拉着我去吃火锅。我们当时都很开心，可是在吃饭的时候我突然觉得自己的胃难受起来，接着我吐了一口血。当时我爸和我妈吓坏了，我自己也吓坏了。"

"怎么就吐血了？"李明亮担心地问。

"因为我们长年东奔西跑，饮食没有规律，又要为了保持身材节食，我得了胃病。从医院出来以后，我爸和我妈说什么也不同意我再在队里待下去了，他们想让我回家继续读书。我从小怕读书，便想继续留在西安。那时我爸爸也从部队转业开始忙着自己公司的事。我妈也忙，他们拿我没有办法，又顾不上我，就把我托付给了姑妈。我自己呢，也特别喜欢警察和军人，后来我就考到了公安大学。"

"哦，你不是说你初中毕业吗？"

余小青说："虽然我是初中毕业，可是我在模特队里也没有放弃过学习啊。我没读过高中，考是考不上的，我妈帮我托了人，送了礼。"

李明亮点点头，示意她继续说。

余小青说："我们训练是很苦的，白天摸爬滚打地训练，到了晚上还要打紧急集合。我的手脚笨，每一次都落在别人后面。我们队长年龄也不大，挺喜欢我。每次批评我的时候，他都不好意思，脸也是红的。班里的同学都笑话他。为了不让他难堪，我自己偷偷练习打背包，晚上也不敢放心睡觉，生怕吹哨。可是我不睡时他们也不吹哨，我睡的时候偏偏就吹，真是气死人了。功夫不负有心人，后来再打紧急集合的时候落在后面的就不是我了。我们学校的女生不多，我是公认的校花。我的个子高，比一些男生还高，他们都不敢追我，只是偷偷喜欢我。我的嘴也甜，所有的同学都喜欢我。最初也有几个女生嫌我太抢眼，背地里暗算我，我也不在意。我爸来看我的时候带来的好吃的东西，我还是分给她们。人心宽了，就没有对手了，你说是吧？"

李明亮说："是的，我相信，喜欢你的男生会有很多。"

余小青说："我一直怕训练，有一次我们女生要和男生对打。我看着我面前的男生心里发怵，他长得五大三粗的，就连男生见了他也会怕的。没有办法，全班的同学都看着我呢，他让我先动手，我不敢。但是不动手也不行，队长发话了。我只好对那个男生说：'你手下留点情，留点情啊！'那个男生说：'好，你先动手吧！'我迟迟不动手，那个男生考虑到别人都看着我们呢，就向我靠近，逼我动手。我看他离我近了，抬起脚就踢。可能是我发怵的样子让他放松了警惕，根本没有想到我会闭着眼睛踢了一脚，那一脚刚好踢在他裆部。那个男生一下子蹲在地上，用手捂着下边，嘴里咝咝地吸着凉气，冷汗直冒。后来那个男生整整休息了一个星期，我见了他就躲。有一次实在躲不过去了，就低头，装没看见。那个男生走过来对我说他现在没事了，问我有没有男朋友，他说如果我有男朋友他想给我当个哥哥，如果没有希望我能考虑一下他。我一个劲地给他赔不是，不说有没有男朋友。"

"哦，你有没有男朋友呢？像你这么漂亮，肯定有男朋友吧！"

余小青犹豫了一下，说："我也不知道算不算。我在模特队的时候曾有过一个叫金少华的男人追求过我。金少华是北京人，是北京大学的毕业生，毕业后自己创业，在西安有分公司，他年纪轻轻的就赚了很多钱。那时候金少华看过我的许多次演出，每次都送给我一束花。他年轻帅气，人也非常好。不过我那时也不懂得什么爱情，只是觉得他人不错，经常与他一起吃饭。两个人在一起不像恋人，倒像哥哥和妹妹。后来金少华去美国发展事业，走之前告诉我要记着与他联系。但是我从模特队出来以后，我们就失去了联系……"

李明亮也说起自己和马丽，余小青知道他和马丽还没有彻底分手，担心地说："我还是回去吧，要是你女朋友回来怎么办？"

李明亮说："不用，她今天晚上应该不会回来的。天都快亮了，我们睡一会吧，我喜欢和你聊天。"

余小青说："我也喜欢。"

李明亮情不自禁地搂了一下她，用嘴唇轻轻地亲了亲她的脸，他觉得那样挺好。他对余小青有过一闪而过的欲念，但又觉得不能那样做。他想到了马丽，觉得还是爱着马丽的，只是马丽在漂亮的余小青面前被暂时比下去了。

李明亮那时想要爱得更多一些，他想要爱上余小青，但那也仅仅是个想法。马丽回来后，李明亮想到余小青在晚上有可能会过来继续和他聊天，便找了个借口出去给余小青的传呼机留言，说自己有事儿晚上不回家，让她别过来了。马丽可能感到李明亮有些异常，趁李明亮出去的时候仔细观察了床，结果她发现了两根长长的头发，那不是她的。

马丽的脸色变了，问李明亮："虫子，你老实告诉我，谁来过了？"

李明亮红着脸说："没有啊，没有谁来过啊！"

马丽手里捏着两根头发说："这是怎么回事？还是棕色的！"

李明亮的心一下提到嗓子眼，他说："没有谁来过啊，真的——咦，怎么会有棕色的头发呢？太奇怪了，不会是你的吧？"

马丽说："你睁开眼瞧一瞧，我的头发有这么长吗？我还不认识自己的头发吗？"

"你的头发看着不长，可能一掉下来就变长了。"

"我的头发是黑色的，这两根是棕色的，我肯定有人来过了，你给我老实交代吧！"

"真的没有，说不定是你从外面带回来的呢！"

马丽不再说话，她觉得李明亮肯定背叛自己了。李明亮坐在椅子上，也在想着如何把马丽骗过去。马丽用戴着厚眼镜的眼睛死死地盯着李明亮看，看得他心里有些发虚——虽说他那时和余小青还没有发生什么，但毕竟心里动摇了。那时他也多少有些厌烦和马丽过那种两地分居、时常吵闹的生活了。

李明亮站起身来，去看窗台上玻璃缸里养着的小乌龟。那两只小乌龟，是几个月前马丽决定要做生意时买的，当时她笑着说："我不在你身边时，就让它们陪你，你要好好喂它们哦……"

不知为什么，突然间李明亮的眼泪就涌了出来，他对马丽说："是、是有人来过了，我骗你自己心里会难受，我对不起你了……"

马丽看到李明亮眼中的泪，一时有些吃惊，接着却冷笑了一声说："我知道，我不在你身边，你迟早有一天会找别的女人，可我没有想到你会这么快！"

李明亮的脑子里一片空白，不知道该怎么办，只好不说话。

马丽说："你哭，你还有什么脸哭呢你？"

李明亮不说话，马丽不想再面对他，站起身来开门就要向外走。李明亮赶忙起身把她拉住说："要走的话明天再走。"

马丽又坐回床上。

李明亮把门关好，对马丽说："我们的小乌龟死了一只你知道吗？今天我才看见，有一只已经死了……我还是爱你的。对不起……我没有想到会是这样，其实她人还是很好的，我们真的没有……"

马丽尖叫了一声说："你、你他妈的是不是想要气死我？她还挺好的，我说我见到你的面你怎么一点都不像以前那样了，原来有一个更好的了。好，我成全你们！"

李明亮看着马丽，低下了头，觉得自己真是傻透了。他想让马丽理解和原谅，又觉得自己太天真了——他把马丽纳入自己的想象，让她赞同自己的行为，简直是一个十足的傻瓜才会那么想，那么做。

晚上马丽睡在床上，不脱衣服。李明亮怕马丽离开自己，也不敢脱。

李明亮说："你脱了睡吧，这样多不舒服啊！"

马丽不理他，他用手推推她，她说："别碰我！"

李明亮说："你脱了我就不动你了。"

马丽大约想起以前，他们在一起赤身裸体的自由自在，想起他们恩爱的时光，她呜呜地又哭了，一阵一阵的。

李明亮怕她哭，哭得他感到难过，感到自己罪大恶极，于是他说："你别哭了好不好？你一哭我就想哭！"

马丽一翻身看着他说："你哭，你有什么脸哭？"

李明亮说："我一想起我们的过去，也想哭！"

马丽说："我们有什么过去？明天一早我就走了，我走了以后我们就不认识了！"

李明亮说："你就不能原谅我这一次吗？你也知道我不是那种人，我是、我是实在……我根本没有和她发生什么，我只是感到孤独，想找个人说说话，但是，怎么说呢……"

马丽说："你什么都别说了！算我瞎了眼，你以为什么事都可以原谅吗？"

李明亮认真地说："怎么不可以原谅？如果换成你我就会原谅你，两个人产生感情又没有发生什么，只是在一起聊了聊天……"

马丽说："聊天有把人带回家里的吗？你还让人家睡了我们的床！"

李明亮说："现在我心里很难过，真的，上次我们吵过架之后，我真的是对我们失望了，可是我在心里仍然爱着你——你看我哭了，你也哭了，我们都是真的在爱着对方！"

马丽用手捶着床说："算我求你，求求你别恶心我了，还爱……你滚！你滚！"

李明亮闭上眼睛不说话，他想，该怎么办呢？当马丽那么真切地躺在他身边的时候，当他想起他们相处时的点点滴滴的时候，他觉得既然她那样在意自己，他是真的犯了错。他觉得马丽的眼泪把他的心泡得肿胀起来，似乎他和马丽都受了天大的委屈，需要彼此安慰，用身体，他们熟悉的身体。

在马丽的并不太激烈的反抗中，李明亮脱了她的衣服，自己也脱光了。

李明亮小声说："我想要抱着你……"

马丽一抖身子说："你别碰我！"

"就要碰你！"

"你是不是想让我现在就走？"

"不是，我就是想要抱着你！"

"你去抱她吧！抱我干什么？"

李明亮不说话，开始抚摸和亲吻马丽光滑的身体。他觉得自己就像一只喜欢蜂蜜的熊，在用舌头舔着她身上的蜜。马丽的反抗是无力的。身体，两个相爱的身体，往昔爱的记忆以及生命中野性的渴望可以使他们暂时忽略掉一些东西。

马丽说他脏，骂他，那是因为他伤害了她，但不代表她立马就不爱了他，对他没有感觉了。那次欢爱，是在泪水中进行的。马丽用她不整齐的牙齿，在李明亮的肩膀上咬出一排排青紫色的牙印。李明亮的身体感受到马丽的身体每一个部分都在燃烧。

　　第二天一早马丽就走了，她说她进了货，要把货送回家。事实上她的内心很乱，想找她的高中同学苏梅聊一聊，冷静一下。

第三章　分　手

　　李明亮想要和余小青断了联系，有个交代，因此他又给余小青的传呼机留言，他说前天他女朋友回来过了。李明亮在电话亭里等着余小青把电话打过来，一会儿，余小青打来电话，淡淡地说她知道了！

　　李明亮说："现在她回家了，知道了我有了你！"

　　余小青吃了一惊说："怎么会呢？对不起！真的对不起！"

　　李明亮说："她走了——要不我们见个面吧，我感觉有些难过……"

　　余小青的故事还没有给李明亮讲完呢，而李明亮的话也没有给余小青说完——这也许是他们相互吸引的另一个理由。另外李明亮也想与她见最后一次，然后狠狠心和漂亮的她断绝来往，和马丽继续好下去。

　　当余小青穿着一件白色的薄羽绒服出现在李明亮面前的时候，他感到一种淡淡的忧伤萦上心头。因为他看着余小青时感到自己在心里喜欢她，想要和她发生点什么了。李明亮清楚眼前的现实，感到了自己的复杂。后来他还是忍不住拥抱了余小青，像是把她当成朋友，而他那一刻像个受了委屈，需要安慰的人。

李明亮把余小青带回房间后，两个人坐下来。李明亮说他以后不能和她再见面了，以后他们也不能再联系了——他坦诚地说，他还爱着马丽。

余小青也没有太在意，过了一会，又开始讲自己的故事。

余小青说："我爸妈是一对非常相爱的人。当初我爸爸还只不过是一个普普通通的军官时，军区司令员的千金，名牌大学毕业，懂得两种外语的我妈妈喜欢上了我爸爸，两个人相爱了……几年前，我的妈妈得了病，爸爸把证券公司转给了别人，在云南一个空气好的地方买了一幢别墅，在那儿休养……

"我一直想找一个像我爸爸一样的男人，宽厚大度，温暖如玉，坚强有力，但是我的爱情却并不幸福，而这一切都是我的姑妈一手造成的。还在读警校的时候，有一个星期天我去姑妈家住。姑妈为了撮合我和她的一位玩得很好的朋友的儿子，让我去了朋友家，晚上找了一个借口，没让我回去。那天晚上，我被强奸了。

"他叫林南，年龄也不大，实话说，人长相还蛮帅气的，他很喜欢我。林南的妈妈也觉得让我给她做儿媳妇挺长脸的，因此一再催促我和林南结婚。我一直在犹豫，那个时候我越来越想念那个金少华，但是我一直没有他的消息，而且一想到我和林南发生了那种关系，我就觉得和金少华也不可能了。

"我的姑妈说了林南很多好话，而林南平时表现得也彬彬有礼的样子，对我很好。后来姑妈又自作主张地把我和林南在一起的事告诉了我爸妈。我爸妈不知道我为什么那么快出嫁，当时我才十八岁。姑妈把林南，以及林南的家庭夸得天花乱坠。我爸妈从云南回来，见了林南以及他的爸妈，婚事很快定了下来。

"年底的时候我们要结婚了，婚礼非常隆重，两家的亲朋好友都来了。谁都没有想到，在林南给我戴戒指的时候，我哭了，泪水哗哗地流下来。我跑出了婚礼，后面跟了许多人追我。我站到了护城河边，我爸爸问我：'小青，你告诉爸爸是怎么回事，谁欺负你了吗？'我不说话，我能说什么呢？我爸爸又问：'你不想结婚是不是受委屈了？'我只是流泪。后来我妈妈也过来了，问我：'我的宝贝女儿，你怎么了？你有什么心事告诉妈妈好吗？妈妈是不称职的妈妈，对不起你，你千万不要想不开啊！'我擦干了泪水，从那一刻开始，认命了。

"婚后，我仍不愿与林南睡在一张床上。我一夜一夜地在沙发上坐着，林南让我睡在床上，自己睡别的房间。没多久他恼了，觉得他那么爱我，而我却不爱他，这让他受不了。他强行和我睡在一起，我却准备了剪刀，说他要是硬来的话我就自杀。林南怕了，开始好言好语地跟我说话，说着自己竟也声泪俱下。

"我那时候的心没有一个方向，想不到自己的将来。林南在我面前哭过几次以后，我心软了。我同意与他生活在一起，但仍然怕与他有肌肤之亲。我怕他，只要他一脱衣服我的心里就发冷。两个人在一起穿着衣服睡了有一个多月，林南实在难以忍受，就开始出去找别的女人。我知道他去找别的女人，难过，但并不反对，因为我不能与他同房，也怕他纠缠。

"后来我的婆婆说了我，说是因为我林南才变坏了，我又同意了与他同房。可我实在无法忍受和他在一起，便在他的牛奶里放安眠药。从那个时候起吧，林南开始打我。我的身上常常是青一块紫一块的。林南每次打了我都表现得很后悔，他打自己的脸，然后痛哭流涕，保证以后再也不会动我一根手指头。但是他每一次哭过，发过誓，不久就忘在了脑后。我没想到，林南竟然会把女人带回家里来过夜。我想跟他离婚，但是他又打我。那个时候的他在外面欠了许多赌债，有时候追债的人会找上门来要钱。我有钱就为他还了，但是后来没有钱了，只好听任要钱的人说难听的话。

"后来我才知道，金少华在我还没有结婚时找过我，我的姑妈故意隐瞒了金少华留给我的电话。金少华得知我结婚的消息以后，仍然把为我准备好的钻戒送给了我。我不要。金少华难过地说：'我本以为你还小，爱需要等待，可是我没有想到你那么早就结婚了。'他一直想着我，我在他的心里既是妹妹，也是他最爱的女人，那枚戒指是他从美国买回来的，他觉得我戴上它，拥有它是最合适的。因为他喜欢我，永远希望我幸福……"

余小青在讲述自己的故事时，不时地有泪流下来，李明亮时不时地用自己的手握一握她的手，试图安慰她。

余小青说："金少华当时看着我，很难过的样子。后来他也拉住我的手，看着我，但是我不敢和他对视。金少华用力握了一下我的手，然后松开了。我不愿意收那枚钻戒，说：'谢谢你，真的，但是我不能收，我希望你能找一个好女孩，把这个留给她。'金少华想了想说：'你替我保管着吧。'我只好同意了。我把钻戒放在一个铁盒子里，然后推开卧室的天花板，放在一个我认为林南永远不会找到的地方，但我万万没有想到他竟找到了。

"林南以二万八的低价把钻戒卖给了别人，而要买回来却要付别人十万。那一段时间，林南为我买了一件四千多块的驼毛大衣。当时我还挺高兴的，以为他变了。当我确定钻戒不见了时，知道是他拿去卖了……"

李明亮觉得余小青挺不幸的，想到马丽，想到她此时可能在回家的客车上，心里突然感到一阵难过。他抱紧了余小青，闭上眼睛，感觉生命中的爱在被一丝丝抽走，感到一种隐隐的痛和空洞……

李明亮认识到，他和余小青好上，就好像是命中注定的一般。虽说那一夜，他和余小青也就是聊聊天，仍然什么事都没有发生，但马丽在苏梅那里住了一晚，在苏梅的劝说下还是决定继续和他好下去。第二天一早她就回来，没想到李明亮又把那个女人带到家里来了。

余小青听到敲门声，一下子从床上坐起来，小声说："先别开门，天啊，这可怎么办啊！"

李明亮的心也一下子揪紧了，他赶紧披上衣服，飞快地整理了一下床铺，然后打开了门。

余小青站到门口，马丽一进来，她的脸上就堆着笑说："你……你好……我走了啊，你们慢慢聊！"

马丽说："你走干什么？不要走，我是来拿东西的，耽误你们的好事了！"

余小青急急忙忙地走了。房间里只剩下李明亮和马丽，马丽不说话，默默收拾东西。李明亮不知说什么才好，又觉得必须说点什么。

李明亮说："你、你不是说回家了吗？"

马丽冷笑着，眼角带着笑意，泪却涌上来，她说："昨天我也试了一个男人，比你强多了！"

李明亮说："你……我和她什么都没发生，我们只是聊天，这是真的……"

马丽什么都不想听了，她说："把我的照片都给我吧，我不想留给你。你的小南瓜也还给你，什么破玩意儿啊！"

李明亮也生气了，他说："马丽，我的话你怎么不相信啊？我和她只是朋友，是真的……"

马丽说："我为什么要相信你？你以为你是谁？"

李明亮感到百口难辩，急得脸都红了，他说："是真的，我们昨天晚上真的什么都没有做，我们只是聊天，你不信我可以对天发誓，马丽，我爱你，我……"、

马丽看李明亮的眼睛，似乎在怀疑他说的话，想要看清楚他的真假。李明亮看到马丽的泪水时，心便在下沉、下沉。他想自己如果再不抱住她，他们就要落进万丈深渊。李明亮上前抱住了她，但马丽却推开了他，提着自己的东西头也不回地走了。

李明亮愣了一会，下楼去追，但马丽已经不见了。

李明亮找到孙勇，说明了情况。

孙勇笑着说："看你挺老实的一个人，想不到也和我一样，还蛮花心的啊！理解，理解。男人嘛，见到漂亮女人哪有不动心的？"

李明亮递给孙勇一支烟说："你不要取笑我，帮我想想办法吧！"

孙勇点燃烟抽了一口说："知道苏梅住在哪儿吗？说不定在她那里，要不我们去看一看？"

李明亮觉得也是，他们便打了一辆出租车去苏梅住的地方。

苏梅听到敲门声，打开门说："你们怎么过来了？"

李明亮说："马丽是不是过来了？"

苏梅回头看了看，犹豫着说："没有！"

孙勇走过来说："你知道她去哪儿了吗？"

苏梅说："不知道。"

孙勇说："我们能看一眼吗？看一眼就走！"

苏梅只好说："她睡了，不想见人，你们走吧！"

李明亮说："我进去就跟她说两句话好不好？"

苏梅犹豫了一下，还是让李明亮和孙勇进去了。

马丽躺在床上，面对着墙壁，李明亮一时不知说什么好。后来他喊了她一声，她也不答应。

李明亮用手动了动她，她突然转过身像一头发怒的狮子一样大声说："不——要——碰——我！"

苏梅和孙勇在一旁，李明亮有些尴尬。后来马丽坐起来看李明亮，像看着一个不共戴天的仇人。李明亮低下头来，有时也不知说什么才好。

马丽后来说："你走吧，我不想看见你！你什么都不用说了，我什么都不想听！"

看着马丽那样决绝的表情，李明亮的心也有些凉了，他说："我希望你能好好的，不要因为我太难过。"

马丽冷笑了一声说："你放心好了，为你这样的人伤心不值的！"

李明亮站起身来说："那，我走了。"

李明亮站着不动，马丽说："走啊，滚，再也不要让我看见你！"

李明亮从马丽的脸上看到的是厌恶和仇恨，觉得自己来这一趟是多余的，于是他转身真的走了。

出了门，孙勇对李明亮说："你真的放手了？不会吧——她在气头上，过几天等她消消气你再来看她，对女人要死皮赖脸死缠烂打，不能碰一鼻子灰就丧失了斗志！"

李明亮没心情说话。

孙勇说："难道真要放弃了？"

李明亮再次想到余小青，他说："如果她不在乎我就算了。"

李明亮一个人住了。

一个人的时候，想到马丽，想到和她的点点滴滴，他觉得自己仍然在爱着她，但他不想再跟她联系，再向她解释什么了。他也会想到余小青，觉得多少对她也是爱的——他尽量不去想她，但是越去想她，她的音容笑貌越是闪现在他的脑海里，挥之不去。后来李明亮还是给余小青的呼机留言，说他和马丽可能真的要分手了。

余小青打来电话说："对不起，真的对不起……"

李明亮说："你不用说'对不起'——你还好吗？"

没想到余小青倒哭了起来。

李明亮问她怎么回事，余小青却挂了电话。

李明亮又给她留言，让她把电话打过来，他想知道是怎么回事。

余小青又打来电话说，她想和林南离婚，但是林南不同意，而且又打了她。她希望李明亮把她忘记，去争取和马丽和好，不然她一辈子也不会安心。如果实在不能和好，就去好好找一个好女孩，她希望他幸福，因为她不配爱他……虽然她没法再成为李明亮的女朋友，但是她希望还能够成为他的朋友。

听着余小青熟悉的声音，想到她艰难的处境，李明亮百感交集，泪也不知不觉流了下来。他想到她还在婚姻当中，觉得自己和她也没有未来，但他还是忍着自己心中的难过，安慰了她几句，然后就想挂电话。

余小青却又说："我病了，自从从你那儿回来，我就病了，一直发烧，我真的很想你……"

李明亮感到为难了，她竟然想他！想到自己喜欢她，曾有过爱她的想法，他不知道该怎么办了。

余小青最后说她想过来找他，李明亮答应了。不过两个人没敢再回出租房，他们怕万一马丽再回来。他们在旅馆开了间房，余小青吃了药，躺在床上。李明亮看着她，余小青说冷，李明亮便上床用身体贴着她。两个人不知说什么，房子里有种过分的安静。

李明亮想起马丽，心里又是一阵难过。看看身边的余小青，觉得她也挺可怜的。他想安慰她，也好似是为了自己寻求一些安慰，他情不自禁地亲吻余小青。余小青也吻着他，两个人的欲望被吻点燃了。

李明亮和余小青同居了大约有半年时间。

在那半年里，李明亮越来越感到他和余小青没有将来，即便是她离了婚，他也不想和她结婚。未必是不想爱她，而是他感到自己无法继续爱她。他和余小青的共同生活存在着要命的滞差。李明亮做什么事情都喜欢快一些，但余小青洗一件衣服也需要半天，走路也总是慢悠悠的。走在大街上的时候，总会有男人回过头来看她，而她也总是微笑着，善良美好得很容易让人对她动心思。而这让李明亮觉得，如果自己不是个富翁，把余小青养在深闺大院里，他根本就没资格和她在一起，在一起也会有无穷无尽的烦恼。

李明亮对余小青说过分手的话，但两个人在一个城市，又有了感情，并不是那么容易分开。不过那时的孙勇已经在北京工作了，李明亮便动了去北京发展的心思，想要用距离隔开两个人。

第四章　网　友

　　李明亮想去体验一下新生活，他觉得一切都太平常了，他需要一点新鲜和刺激。当他想到这一点时，心里有一丝难过。

　　因为虽说他想要和漂亮的余小青分开，可一时又难以割舍。后来李明亮问余小青："你说一辈子只爱一个，这是不是很单调啊？你想过爱上别人吗？"

　　余小青用眼睛看着他说："你是不是烦我了？你肯定有想法了，你有想法我能感觉到。"

　　李明亮觉得自己是烦余小青了。

　　李明亮留意了一些招聘信息，把简历给用人单位寄过去。同时他也在做余小青的思想工作，他对她说："小青啊，我觉得我是爱你的，这种爱不可能忘记，真的，但是我觉得我更需要事业，没有事业我们就没有将来。过些时间我会去外地工作，西安这地方我感觉没有什么发展，我想出去闯一闯，我知道你会支持我的，是不是？"

　　余小青哼了一声，冷笑着说："我来翻译一下你的话吧，我是爱你的，可外面的漂亮女人很多，有很多诱惑，而我又经不起这些诱惑，真的，真的，我觉得我更需要事业，没有事业我就没有花心的资本！我觉得我不喜欢你了，虽然我想分开，但是不好意思分，我们在一起我就不方便去另寻新欢，我有点忍不住了，也觉得没意思，我想出去花一花，我知道你会支持我的，是不是？"

李明亮感到好笑，他觉得余小青有点儿言过其实，后来他又觉得自己太过善于伪装，自己把自己都给骗过去了。

北京让李明亮去上班的消息来了。

余小青说："如果你要走，咱们就分手吧！"

李明亮还是要走的，他认为分手是可以不说的，如果真分得开的话，他在北京生活一段时间大约就各有各的出路了。如果分不开的话，两个人还会走到一起来。

李明亮拎着包走的时候，余小青没有去火车站送他，火车开动的那一会儿，李明亮有一种永不会再见到她的感触，眼泪几乎流了下来。

李明亮去新单位报了到，要去单位附近找房子。

孙勇过来说："你还是在招待所里先住下来吧。不是我不想让你住我那儿啊，说不定我女朋友会过来——北京多大啊，那么多人都需要租房子住，房子不是一天两天能找到的。你也不要在单位附近找，住不起，在三环以内一室一厅少说也得 1500 块！除非住地下室，但是地下室什么人都有，你休息不好，也不安全！"

李明亮和孙勇穿过一条又一条街，最后在离单位不到一公里的一个干休所的地下室，找到了一间不到十平方米的房子。

房管是个三十七八岁的妇女，肥胖，银盆大脸，说话声音洪亮。她姓任，房客都叫她任大姐。任大姐对人很热情，但是要起价来却一点也不含糊。

李明亮在任大姐拉亮灯后仔细看了看房子。房子里是空的，关上灯，大白天也见不着一点光亮。房价500块钱一个月，没有床。

任大姐见李明亮有些犹豫，就说："可以给你找一张床！"

李明亮抽动着鼻子说："少一点儿吧，哪里值呢？你看这么小的房子，黑得伸手不见五指，空气都是死的，有一种发霉的味儿。"

孙勇捂着鼻子说："是啊，这是人住的地方吗？"

任大姐说："这是最后一间了，少不了，你要是不住还有别人住呢。你是从外地来的，我告诉你，在北京不比别处，这就够便宜的了，这儿的地理位置多好啊！"

李明亮想了想说："400块吧，400块我就住！"

任大姐笑着说："那你就住不成喽，这房子本来有人看好了，你不住过两天就会有人搬进来。"

李明亮走出房子对任大姐说："450块吧，行我就住了。"

孙勇说："你看他也是才来北京，还没领工资呢，就得先给你交！"

任大姐看着李明亮和孙勇说："你们两个人住？"

李明亮说："就我一个人。"

任大姐想了想说："你一个人住就再交10块的卫生费水费吧，460块，我看你是个干正经事儿的人，不然我就不租给你了。"

欢乐颂

房子租下了，还缺少被褥和一些生活用品。李明亮和孙勇到市场上买了回来，整理好房间已经是晚上了。两个人简单吃了饭，孙勇就回去了。

累，李明亮一个人躺在床上，心里突然空虚得难过。他新生活开始了，为什么会觉得空虚呢？他不知道。他想到余小青，觉得自己挺不像话，挺对不起她。他想给余小青打电话报一下平安，又觉得还是不打为好。刚决定不打，心里又想着还是打一个。

那时手机还很少，余小青用的是小灵通。李明亮还在用呼机，打电话时用的还是公用电话。

李明亮说："喂，小青，是我。"

余小青说："你给我打电话干吗？你以后请不要再给我打电话了，咱们以后就当不认识，你要再打我就换号！"

李明亮知道她心里有气，但他想，不联系就不联系，有什么大不了的！刚沉默了一会儿，小青就挂了电话。

李明亮想了想，忍不住又打过去。

余小青不接，后来接了，两个人说着又哭起来。

最后李明亮对余小青说："过段时间等我工作稳定了，我回去看你。"

余小青带着哭腔同意了，李明亮却又后悔。他还没有尝试新生活，新鲜的感情呢，他再回西安看她，不是又像以前那样过下去了吗？

"贱！"李明亮轻轻在自己的脸上扇了一下。

第二天，余小青给李明亮留言，说自己打算来北京看他。

李明亮怕余小青真的来北京，又给她打了电话。他说自己刚到北京，还不安稳，希望她迟一点过来。

余小青问："是不是你不想让我去北京烦你了？要是后悔现在还来得及。"

李明亮说："你这么说是什么意思？我闭上眼睛，脑子里全是你的笑脸，你的一举一动，像电影画面似的。你要是想来，明天就来吧……不过我说真的，我希望你能过一段时间，等我们都平静一下再决定。"

余小青说："平静？我现在就很平静，你要的平静是什么，你以为我不知道？你想清楚了要不要和我在一起！"

李明亮觉得余小青很了解自己的想法，但是他又觉得自己的想法蛮真诚的。他想跟着感觉走，而不是活在对余小青的责任感，和自己可笑的道德感中。

李明亮进了聊天室，他需要与网上的陌生人交流一下想法，潜在的心里，他也渴望一个陌生的女人，希望通过陌生女人使自己发生一些改变。

李明亮想知道别的男人是怎么想的，于是变成一个女人的头像，起了个"北京美女"的网名，一时有许多男人给他打招呼。

有一个"开车找情人"对李明亮说："你在哪里？我去接你！"

李明亮说："你有老婆吗？"

对方说："有啊！"

李明亮说："你不爱她吗？"

对方说："爱，但只爱老婆是不够的！"

李明亮说："如果你的老婆也找情人呢？"

对方说："那是她的自由。"

李明亮说："哦，很抱歉，我是个'同志'。"

对方没有消息了。

李明亮退出聊天室又换了一个男人的头像，起名"只爱陌生人"，然后在许多女人头像中选了几个，发出信息，后来锁定一个叫"BJ女25"的聊。

李明亮说："我很失意，因为我和我的女朋友分手了。"

对方说："为什么要分开呢？"

李明亮说："分开的理由太多，其中有一条可能是太爱了，也可以说没有什么理由。"

对方说："哦，我懂得这种感情，我也有过一个男朋友，也是因为太相爱了吧，后来就分手了。"

李明亮说："是不是人们的感情需要浅一点、短一点呢？"

对方说："也许吧！"

李明亮说："你会考虑一夜情吗？"

对方说："会，也许会！"

李明亮说："你相信爱情吗？"

对方说："相信！"

李明亮说："怎么看一夜情和爱情的关系？"

对方说："自由的人不需要考虑那么多关系。"

李明亮说："如果你很爱一个男人，但你有机会和你喜欢的陌生男人发生一夜情，你所爱的男人不会知道，你会吗？"

对方说："也许吧！"

李明亮说："如果有机会，我们见个面好吗？"

对方说："如果我过去你请我吃饭，如果你来我请你！如果我们彼此没有感觉不能勉强！"

李明亮说："好，我对北京还不是太熟，请你过来吧！"

李明亮提出与对方见面时并没有考虑对方的身高与长相，他只是觉得对方有点儿特别，可以见。

那是李明亮见的第一个网友。

对方从网上来到他面前时，他觉得她太矮、太一般了，甚至有点儿丑，从相貌上根本没办法和高大漂亮的余小青比，即便是马丽也比她强多了。李明亮有些失望。

网友叫顺子，做销售。有点儿黑，有点儿胖。看上去不像二十四岁，倒像三十二三的样子。牙齿也不整齐，嘴唇涂得鲜红。

李明亮看着顺子，没有一点儿欲望。不过他还是请她在一家小饭馆吃了饭，然后两个人一起在街上走。

顺子试探说："我是不是让你失望了啊？"

李明亮笑着说："哪里啊，你长得还可以啦，很有味道。"

顺子说："你能带我去你住的地方看看吗？"

李明亮不太想带她到自己住处，于是说："我住在地下室，很乱的，不好意思让你去。"

顺子说："没事啊，我很想去看看，行吗？"

李明亮不太好再拒绝，他知道晚上也许要发生点儿事，但是他想，如果她不主动，他是不会主动的。

事实上还是李明亮主动了。李明亮和顺子来到地下室，进了房子，他立马觉得有个女人愿意走进那样的地方也算是给足了他面子。

李明亮笑着对顺子说："你看，这就是我住的地方，脏、乱、差！"

顺子好像并不介意，她说："挺好的呀，我可以坐吗？"

李明亮说："你别客气，你看，我这儿连把椅子也没有！"

顺子坐下来，李明亮站了一会，也坐在了床上。他平时总是躺在床上的，两个人并坐着，他觉得说话不方便，于是站起来说："我给你倒点水吧！"

顺子说："不用了，谢谢你！"

李明亮还是倒了水给顺子，一时找不到话说，就那样坐着。后来李明亮说："我躺着你不介意吧。"

顺子突然就笑了，说："可以啊，我也想躺着，躺着舒服。"

李明亮躺在床上，顺子也躺在床上。李明亮觉得自己如果不把她抱着似乎就有点儿做作了，但是他还是忍着。

顺子说："你怎么那么老实啊！"

李明亮笑了，反问："我老实吗？"

顺子点点头说："是啊，我会看手相呢，我给你看看手相吧！"

李明亮把手伸过去，顺子托着他的手看。李明亮感觉到顺子的手与小青的手一样软，一样有温度。顺子低头看他的手时，李明亮望着她的头发，闻到一股清爽的洗发水味儿，心里产生了一种暧昧的想亲近的念头。

顺子说："看你的爱情线，说明你是个花心的男人！"

李明亮笑着说："刚才你还说我老实！"

顺子说："老实人也花心啊，花心不是错。"

李明亮受到了鼓励，他说："我该怎么花呢？"

顺子也笑着轻声细语地说："这就看你了！"

李明亮感到自己在挣扎了，他无法控制自己，却又不愿意主动，他说："你觉得你自己花吗？"

顺子又把机会留给李明亮，她说："你看呢？"

李明亮忍不住伸手把顺子搂在怀里。他轻轻吻了吻顺子的额头，然后把嘴唇压在了她有温度的红唇上。

李明亮走出去买避孕套的时候，传呼机响了。是余小青来的信息，让她回电话。接通电话的时候余小青不说话，好像在听李明亮的心跳。

李明亮有些紧张，他说："你在哪里？"

余小青说："你该不是和别人在一起吧？"

李明亮说："怎么可能啊，我才来北京几天！"

余小青说："我觉得你有问题，因为我心里有感觉，你老实说我是不会生气的，你说你是不是和别的女人在一起？"

李明亮说："你别胡思乱想好不好？我是爱你的，真的，除了你我谁都不爱。"

余小青说："我想今天去北京找你行吗？"

李明亮想了想说："你看着办，怎么都行！"

余小青说："我让你说！"

李明亮说："那你来吧！"

余小青说："听你的口气不太乐意，那好，我不去了！"

李明亮说："你来吧，我很想你，真的！"

余小青又哭了，她哭着说："我也很想你，你老是惹我哭，我的眼睛都快成金鱼眼了。我爱你，我不许你找别的女人，我要你只爱我，你要给我保证，你要说你只爱我！"

李明亮手里拿着避孕套站在地下室门口说："我保证，我只爱你一个！"

回到地下室的时候，李明亮看着顺子，觉得自己像是在梦中。他坐在床沿上抽烟。

顺子问："怎么了？"

李明亮递给顺子一根说："陪我抽烟吧！"

顺子接过烟抽着。地下室不通风，顺子咳个不停。

李明亮突然说："我们一定要做吗？如果可以不做的话，我觉得也许会更好。"

顺子笑了，说："你放心，我不会缠着你的，我也有我爱的人。"

李明亮说："刚才我女朋友打来电话了。"

顺子说："如果你不想那就算了！"

李明亮想了想，觉得还是不应该让别人扫兴，最后还是做了。

第二天，顺子要走的时候李明亮说："其实，我们都是需要感情的人。"

顺子说："你还会和我联系吗？"

李明亮想了想说："不知道！"

李明亮上班时仍然去聊天室，虽然顺子并不是他喜欢得来的女人，但毕竟给了他经历。他觉得自己需要经历，顺子的出现让他清楚，漂亮的女人一般不会与网友见面，因为漂亮是资本，有资本的女人身边不缺少追求者，多少会有点架子。但那些女人也会有寂寞空虚的时候，也会有隐蔽的心思。

当李明亮和一位叫安佳的网友聊得深入的时候，他意识到自己在网上变成了另外一个人，一个他不熟悉的自己。

从聊天的感觉中，李明亮觉得安佳是漂亮的，特别的，于是他软磨硬泡，又不显得太冒昧地要求见面。见面的想法有心存不甘的意思，因为顺子的出现破坏了他对陌生女人的渴望，让他多少有一点儿失望，他想找回对陌生女人的想象与感觉！

李明亮和安佳见面时是在一个星期六的下午，他是在一辆乳白色的奔驰上看到安佳的。他跟安佳联系的时候，有一段时间，安佳是在车里一边跟他说话，一边在车内望着他，直到他走近了才落下车窗让他上车。李明亮坐在车上，自尊心有点儿受伤，他没有想到安佳那么好看，而且还开着名车。

最初李明亮不知说什么才好，而安佳也在试探他，故意不说话。

似乎沉默是一种力量，谁先说谁就败下阵来。

最终还是李明亮说话了，他说："真没想到，你那么漂亮，不，漂亮都不能用在你身上，你应该是美，美人！"

安佳不露声色地说："是吗！"

李明亮点着头说："是的，你很美，我怎么感觉你像个演员？"

安佳的语气一沉说："我跟你说过了，我是做进出口贸易的！"

李明亮第一次觉得一个美且有钱的女人对于他来说是有杀伤力的。后来安佳播放音乐，是邓丽君的歌，两个人都有了不说话的理由。

又过了一会儿，安佳把车开出了停车场。李明亮没有问她去哪里，她也没有说。后来车在一家宾馆的地下车库里停下来，然后两个人乘电梯上楼。

在电梯里的时候，安佳对李明亮笑笑，笑得李明亮心里一颤。

安佳开好了房，李明亮跟着她走进房间时心里想，她是一个寂寞的美人，她需要男人，需要他。李明亮设想自己也是个有钱人，有车，穿着体面的衣服，那样他也许可以追求她，或者像她那样优雅脱俗、有气质有品位的美女。但他觉得自己还没有资格，也不敢——把安佳和余小青相比，李明亮觉得安佳虽然没有余小青漂亮，但她却更有气场，有一种成熟女人的魅力。

进了房间，安佳一指沙发，像主人一样说："坐吧！"

李明亮坐了下来，装作不卑不亢的样子，看着安佳。

安佳在李明亮的对面坐下来，仍然是不想说话的样子。有一段时间，他们好像是约好了要较量一下彼此的心力似的。安佳望着李明亮，李明亮也鼓起勇气看她，但是不到两秒钟他就把头低了下来，他觉得自己在安佳面前，就是个上不了台面的穷小子。

安佳笑了，她跷着二郎腿，从小包里拿出一包烟来夹在手中，侧对着李明亮，用一只眼在看他，姿势优雅。

李明亮也想抽烟，他摸了摸自己口袋里两块钱一包的烟，没好意思掏出来。

李明亮想着要不要给安佳去点个火，因为安佳一直夹着烟，似乎在等着他来点。李明亮最终没有走过去，安佳好像有一点不满意，却包容地笑了一下，最终自己点了烟。

想到李明亮或许也抽烟，又问："你也来一支？"

李明亮点点头，安佳丢给他一支，问："你是个搞文化的人？"

李明亮点燃烟，抽了一口说："是啊！"

安佳开玩笑地说："说说看，你们是怎么搞的？"

李明亮有点尴尬地笑了笑，一时不知如何回答。

安佳吐了个烟圈，对李明亮说："你和网上的你一点都不像！"

李明亮问："怎么不一样了？"

安佳说："在网上你幽默风趣像个花花公子，现在你沉默寡言像个正人君子。不过，你长相还算可以！"

李明亮笑了笑，说："谢谢！"

安佳说："不妨直接点儿吧，我们只需要对方的身体，过后谁也不认识谁，你没意见吧？"

李明亮有些不满意自己处在被动的位置，看着她想说点什么，最终却点了点头。

安佳笑笑，说："你去冲个澡吧！"

她说得很明显了，但李明亮却坐着没有动，他不知道自己为什么没有动。李明亮又摸出自己的烟，也不担心烟差被人看见了。他点燃了烟默默抽着，似乎觉得直接上床不太应该，想要与她多些交流。

安佳又说："去啊！"

李明亮觉得自己像是被推到战场上，不前进就会被枪毙，只好站起身去洗手间。

李明亮裹着浴巾走出来，安佳看了他一眼，扭着曲线玲珑的身子从他面前闪过。

李明亮听着哗哗的水声，那水声在他的心里变成了一种争吵——他想到马丽，想到余小青，最后又想到顺子，一时竟然有点想要溜走的感觉。但那种感觉刚产生就被否定了，他想，不能走，那样显得太没风度了。

李明亮从沙发上站起身来，在房间里来回溜达。

安佳裹着浴巾走出来时，李明亮看了她一眼。安佳的身子很白，很光滑，白净光滑得让他想到爱情，使他产生一种想抱她的渴望。他有点儿反对将要发生的事，却又无法自控。与其说是反对，不如说是一种本能的渴望。

安佳上床后李明亮没有主动发起进攻，他想把机会留给对方。他想，既然开宾馆的钱是她出的，既然是她让自己产生了对爱情或者对美好的欲望。

安佳望着李明亮，带着一种即将捕获猎物的笑意。

李明亮有点害羞，像个小姑娘似的不敢看她。他觉得还没有准备好与她在一起，他觉得她应该是一个好女人——但她的欲望敞开，让她像花儿一样含苞待放，他喜欢她，甚至爱她一些，但他们的关系却超越了爱，使他们在彼此消耗过后，重新变成陌生人，这有点儿让他无法接受。

后来安佳用手握住了李明亮的手，又把手移到他的身体上。她的指甲很长，她用手心和手指在李明亮的身上滑动着，希望能够唤起他动物一样的欲望，撕她，咬她！她感到自己的血液已经燃烧起来了，需要烧得更旺，更猛，然后熄灭，平静下来，再次投入物欲横流的都市生活中去。

李明亮的身体在安佳的操纵下慢慢有了变化，正准备行动，安佳说："等一等。"

她示意李明亮去洗手间拿避孕套，但正在这时她的手机响了。

她迟疑了一下，没有去接。

手机仍然响着，李明亮感到有点扫兴，说："接吧！"

安佳去接手机，电话是一个男人打来的，安佳像换了一个人似的跟那个男人说话，那个男人或许是她的老公或者是情人。安佳故意在电话里和男人调情，似乎只有那样才能使男人相信她现在不是在准备和另一个男人在一起，而是在忙别的事情。

通话大约有十分钟的时间，挂了电话。

李明亮望着安佳，她的身体很美，欲望在看不见的地方，而且他并不清楚眼前的这个女人有着什么样的生活背景和来头。李明亮望着她的身体，第一次有了一种想强暴一个女人的冲动。

当安佳要给李明亮戴套时，李明亮扯开了她的手，一下把她压在身子底下，然后强行要进去。安佳挣扎着，长长的指甲划破了他的皮肤。李明亮感到自己应该像个真正的男人那样，去征服一个女人。结果，安佳用膝盖实实在在地顶了他一下，他捂着自己的下身，蜷缩在床上，痛苦地呻吟着。

李明亮觉得自己如果有钱，他完全可以找一个像安佳那样的尤物，让她好好爱自己，而不是一次性地想吃掉他，再也不联系。当他被弄痛了的时候，他有点儿后悔，那个时候，他强调了自己，强调了爱情，强调了野性，似乎那样和安佳在一起，他就可以当她是一辈子的爱人似的，他太自以为是了。

结果自然是不欢而散，当李明亮多少有些懊恼地走在北京夜晚的大街上，看着万家灯火的时候，他的下身还在一阵阵地疼痛。那种痛的感觉，和内心里空空荡荡的感受使他感到自己就像只流浪的小动物那样，可怜又可笑。

李明亮找了公用电话，给余小青打了个电话，问了问她的近况，试图通过打电话来抹掉自己刚才的荒唐行为。挂了电话，他又回到办公室，进入了聊天室。

顺子正好在线，李明亮又想到她的身体，觉得自己的下身被安佳的膝盖顶痛了，但是野蛮的欲望还在，仿佛需要满足才能使它安熄。于是他又与顺子聊天，让顺子过来。

顺子是北京人，她的家境不错，所在的公司有她的股份，据她自己说，她是有自己的房子的。那个时候的李明亮除了要在顺子的身上满足欲望，还隐约希望借助顺子的力量，在北京做成什么事业，他想让自己有钱。

李明亮和顺子在一起，口口声声说爱她，让她感到他真是爱上自己了。他们在一起是有激情，是美好的。李明亮觉得如果娶了顺子，他在北京就算是有一个家了，而且他们的孩子出生以后也会有北京户口。

李明亮为自己有这样的想法感到恶心，但最终他还是问了顺子："你愿意嫁给我吗？"

顺子反问："你真的想娶我？"

李明亮说："你不想嫁给我？"

顺子说："我心里有一个人，再说，我也不想结婚，结婚没意思。"

李明亮说："我们只能做朋友？"

顺子说："做朋友不好吗？"

李明亮点点头，觉得现实就是现实，他内心所有的冲动和妄想都是可笑的。

顺子离开的时候对李明亮说："其实爱情是不可靠的，因为我们都只是爱着自己的感觉。"

　　李明亮为她说出这样的贴心话拥抱了她一下，然后把她送到外面。

　　除了马丽和余小青，李明亮又经历了两个女人，虽然只和一个女人发生了关系，但是他觉得爱情已经不再是可靠的。他对自己有了新的认识，他觉得自己是不可靠的！

　　当李明亮回到地下室，躺在床上的时候，他所想的仍然是安佳的身体。虽然她弄痛了他，但他仍然在想着她的身体。他后悔自己那个时候强调了爱情的存在，他明明知道安佳那样的女人是不会爱上他，而且也未必值得他来爱。也许自从见到坐在车里的安佳的那一刻起，他的自尊心就受到了一种无形的伤害。他的灵魂就开始变形、出窍。跟着安佳到了宾馆之后，他的真假难辨的害羞与矜持，以及在和安佳做与不做之间的犹豫和徘徊是那样真实，而他反常的举动也是那样真实。尤其是发生了那样的事情之后，他又上网把顺子叫过来，和她做完之后又违心地说想娶她，他觉得自己非常龌龊。

　　李明亮清楚，他变了，但那正是真实的。

　　余小青是爱着李明亮的。两个人通电话时，余小青对李明亮说："虽然大街上有许多男人，但没有一个男人是我能爱的，我只爱你！"

　　李明亮有些感动，但却不太愿意相信爱了，因为他发现自己很容易就喜欢上一个陌生人，甚至会喜欢上不同的陌生人，余小青也应该是的——以前在一起的时候，总是会有男人关注她，给她打电话，有一些，她也未必会不心动吧。

李明亮对余小青说："你先好好工作吧，过段时间我去看你。"

余小青说："你为什么不让我去看你？"

李明亮想了想说："来吧，北京欢迎你，我更欢迎你！"

李明亮有点调侃的意思，他希望余小青能够高兴点儿，自己也能够高兴点儿。但是挂了电话之后他又觉得不够真实，他觉得是整个世界与人类让他变得不够真实，无法强大，左不是，右也不是。

余小青来了，李明亮去火车站接她。

在见到余小青的那一刻，基于过去她带给他的那种不自由的、烦恼的感觉，虽然他没有拥抱她的冲动，还是装作激动的样子拥抱了她，以至于抱到她的那一刻，又觉得自己是真诚的，确实想抱一下她。抱一下余小青就好像抱住了自己的另一半，而在北京的他是不完整的。

李明亮对余小青说："我想你，真是快想死了！"

余小青被李明亮的举动和话语感动得热泪盈眶，她说："我比你更想你，要是再见不到你我都快急死了。"

李明亮松开余小青，为她拎着行李，搭车回地下室。

一路上李明亮用眼睛偷偷看着余小青，他发现余小青也在用眼睛偷偷地看他，四目相对的时候，彼此才感到有些陌生，那种陌生感似乎是基于彼此不见面的时间，使他们都产生了一些变化。

在地下室里的时候，余小青问："你实话对我说，这段时间有没有碰别的女人？"

李明亮坚定地说："没有，绝对没有，我心里想的全是你，我比你还爱你怎么可能碰别的女人呢？"

余小青说："我怎么才能相信呢？有好几次我梦到你和别的女人在一起了。"

李明亮呵呵地笑了，他说："梦都是相反的，我还梦到你和别的男人在一起了呢，这是真的还是假的？"

余小青假装生气地说："是真的！"

李明亮不笑了，他心里咯噔痛了一下，脸色也变了。

虽然他知道余小青说的是假话，可他还是在意了，那种在意好像让他想到了那些喜欢余小青的陌生男人，也看到了现在的自己，有点儿愿意相信的意味。分开的时间虽然不长，但是李明亮觉得，他和余小青之间，有什么东西变得模糊不清了。

余小青说："你真的相信了？傻瓜！"

李明亮生气地说："信了。"

余小青沉着脸说："刚一见面就吵，你真没意思，真话假话都听不出来，我看你是不想让我来，我回去好了。"

余小青走出门去，李明亮没有去拉她。

余小青走出地下室，李明亮才开始发现自己真的是傻了。他有点儿恨自己，却还是站着不动，就好像要跟谁赌气似的。

后来李明亮走出去找余小青，她正蹲在地下室出口哭。余小青一直盼着李明亮来找她。李明亮出现了，他蹲下身子来哄她。

余小青哭着用手捶打着李明亮的肩膀说："狠心，你真狠心！"

李明亮的眼泪也下来了，他把余小青抱在怀里，觉得余小青很爱他，自己也在爱着余小青。

李明亮把余小青带回地下室说："我准备借钱做生意。"

余小青说："你准备做什么生意呢？现在每个人都想挣钱，挣钱多不容易啊！"

李明亮拍了一下余小青的肩膀说："现在我还没有想好，不过我想在北京给咱们买套房子。"

余小青心里一阵激动，觉得李明亮很爱她，于是侧过身来就把李明亮抱住了。

在床上的时候，李明亮闻着余小青身上散发出的淡淡的、带着温度的体香，心里觉得有点儿对不住她，但是那样的感觉一闪就消失了。他们的手臂像藤蔓一般相互缠绕，唇与唇互相吸引般不可避免地碰触在一起，那外露的欲勾出两束火苗般的舌头相互舔食。两颗心融化成液体，在彼此的生命中快速流淌，注入他们情感和精神中的空虚，让他们感受到一种忘我的欢乐。李明亮脱掉她的衣服，让她赤裸地呈现。他需要她那种不需要衣服遮蔽的自然美，需要拥有和深入她的生命，她的全部。他要给予她，使她享受他。他也要敞开和放纵自己，用自己的思想和情感，用全部的自己去获得她能够给予自己的欢乐。她也需要他，要通过身体触摸他，感受他，享受他，她愿意为他盛开和芬芳。他们拥有那样的时刻仿佛与世界无关，他们彼此融入，享受着对方的身体，通过身体的欢爱感受着对方的灵魂。欢爱如同一场彻底的燃烧，过后李明亮那小房间里有了一种几乎停滞了的空气——仿佛那样的欢爱过程是纯粹和严肃的，而停止下来后等于是他们又要面对各自的现实以及共同的世界。

李明亮躺在床上回味着自己的话，他想，自己真是想挣钱为小青买房子吗？如果有了房子，他会真的愿意和余小青结婚吗？

当余小青说自己也要留在北京找个工作，陪李明亮的时候，李明亮说："你的工作是能随便辞掉的吗？我们都要有点志气好不好？我和你不一样，你家里有钱，我是处在温饱线上的那种人，没有什么身份地位。你看大街两边的高楼大厦，一栋接一栋，那么多房子，没有一间是我的；你再看那些在街上一辆辆开过去的小车，多得数都数不过来，没有一辆是我的，你难道对这些真的没想法吗？"

余小青说："我没有，我只要有你就成了。"

李明亮说："这不现实，你这么漂亮，如果我没有钱，我真的就没有资格来爱你。即使你愿意，别的有钱有势的男人也会看着我们不顺眼，会生出事儿来让我心堵。再说了，你和林南什么时候能离婚啊？"

余小青说："我离婚了你真的愿意和我在一起吗？"

李明亮用恨铁不成钢的语气教训余小青说："你说你怎么就是个警察了？一点儿都不像。"

余小青说："我在你面前总不能像对待犯人那样吧？"

李明亮说："你一个警察，而且你爸妈又都那么有钱有势的，怎么就离不了婚呢？"

余小青说："林南他爱着我，他就是不愿意离我有什么办法？现在我不是和他分居了吗？两年后我打算去法院起诉离婚，这还不行吗？"

李明亮说："自从认识你之后我就感觉到，光有爱是不行的，爱情是建立在物质基础上的，不管你要不要，我将来都要给你！我要让你有宽大明亮的房子，有漂亮的小车，穿上华贵的衣服，吃上精美的食物！到时候我有钱了，你要什么我都会满足你！"

余小青听他这么说，激动得把李明亮抱得紧紧的，用她那并不太丰满的胸部挤压着他的胸脯，用她那厚厚的嘴唇吻李明亮，希望他再爱她一次。

李明亮又说："我们要有志气，要把时间和精力用在别的地方，做爱能做出钱来吗？你别闹了，我想你还是先回去，好好工作，你在这儿我没法儿把全部心思用到工作上去，明白吗？"

余小青在北京留了三天，李明亮把她赶走了。赶她的理由冠冕堂皇，让余小青觉得李明亮很爱她，爱得深谋远虑。

不过余小青也觉得李明亮不再是过去的他了，过去的他是个喜欢读书上进，至少看上去是个心境淡泊的男人。但是余小青也不觉得他的变化有什么不好，她是想在将来嫁给他的，有很多时候她觉得李明亮是上天派给她的，会和她一生一世地相爱下去的人。

余小青在回去的火车上一直在想着李明亮的话——"人人都有权利成为一个成功的人，一个有钱有地位的人，一个过上优越的生活的人，但是现在我离这样的生活还很远，我们得努力拼搏，不能儿女情长。爱是一辈子的事情，为了我们的爱情更长久、更甜蜜，我必须奋发图强，如果现在每天纠缠在一起，结果可能贫贱夫妻百事哀……"

余小青想，只要两个人相爱，分开怕什么呢？她也反思了一下自己，她觉得以前是自己做得不好，让他感到累了烦了，所以他才跑到北京去的。她想，既然自己是爱着李明亮的，而且他有了想变成人上人的想法，她应该支持他。

李明亮有了挣钱的渴望，但并没有什么门路。他仍然和顺子交往，希望能从她那儿得到挣钱的方法。在后来的交往中他也越来越觉得顺子有见识，有文化。在他们鱼水交欢的时候，他甚至觉得顺子也是他想娶的女人了。

李明亮所谓的想娶一个女人的想法，只是他一个短暂的念头。那时他不想真的那么早就被婚姻束缚住手脚，但他又渴望有一个女人真正属于自己。余小青虽说是属于他的，但她在名誉上还是林南的妻子，因此他有时候认为，余小青也是可以抛弃的，虽然抛弃的过程会有点痛苦。

李明亮向朋友借了一些钱，只出了很少一部分钱，然后顺子又借给了他五万，让他做成了第一笔生意。那生意是顺子送给他的，顺子等于是把公司的利益送给了他，以此来报答他对她真真假假的情感。

那一次李明亮挣了三万块。顺子希望他能搬到地面上来，租个像样的地方，因为她每次来地下室都没法儿洗澡。李明亮没有同意，不是他不想住到地面上来，而是他觉得如果把那三万块拿出一部分来，钱就少了。

他那么对顺子说的时候，顺子笑了，觉得李明亮也蛮天真可爱的。

李明亮说："我准备用这三万块做资本，做点别的。"

顺子说："这次我帮你是损害了我们公司的利益的，下次我不会再这么做了。"

李明亮点头称是，他很感谢顺子，请她到较好的馆子里吃了一顿。

一个人回到住处的时候，李明亮再次想到安佳。

李明亮有她的手机号码，但是没有再跟她联系。当他拿着沉甸甸的三万块钱的时候他幻想可以给安佳一万块，用一万块爱她一次，这或许也是值得的——因为正是安佳这个漂亮、有气质的女人给了他赚钱和追求成功的强烈渴望，使他想要成为一个人上人。

李明亮清楚自己可能再也不可能和安佳怎么样了，但是他也知道像安佳那样有气质、有文化的女人在城市里并不鲜见。关键是他要有钱，有足够的钱。那么想的时候，李明亮已经不再把那区区三万块钱看在眼里，他甚至想都没有想把赚钱的事告诉余小青，与她分享赚到钱的快乐。

李明亮最初每天和余小青都通个电话，跟她说的话自己回想起来都会觉得虚假。后来他受不了自己的那种虚假，借口长途话费太高，建议一周通一次电话。

提出这样的要求的时候他说："我们要存一些钱，每一个白手起家的人在最初的日子里都是很节俭的。"

余小青那时的工资每个月也不过二千块左右，打电话花去两三百块，她也觉得有些多了，于是就同意了。但是余小青很想李明亮，还是会给他打电话，说她的爸爸妈妈会给她钱花的，她从来就不缺钱花。

李明亮说："你记着啊，我一周只接你一次电话，再打我就不接了。你有钱，或者说你爸妈有钱，那是你们的，我打不起也接不起！"

余小青委屈地哭了。

李明亮又心软地说："你要有点儿志气好不好？就这样说定了啊，你最好是狠狠心一周都不要给我打电话，不过你不打我也是会给你打的，因为我也想你，真的，很想你！"

顺子不愿再帮李明亮了，她觉得已经对李明亮很够意思了。李明亮想不到别的挣钱门路，仍然把希望寄托在顺子身上。他狠心花了九百多块钱买了一部摩托罗拉手机，当他再约她出来的时候，她借口有事不见他了。

李明亮和顺子最后一次见面，是在李明亮订的宾馆里，那家宾馆正是当时安佳把他带进去的宾馆，一个晚上竟然要四百多块钱。李明亮狠心花四百块钱，是想让顺子再帮他一次。那天晚上，李明亮很投入也很卖力，好像他在顺子身上挥汗如雨的同时也在撒下可以收获金子的种子。

冲洗过后，顺子坐在沙发上对李明亮说："我们结束吧，这一段时间我一直在想，我们所有的人都很贱。实话说我在地下室睡的时候心里多少是有点可怜你，现在你有钱了，能和我住进这样的地方了，我们也该结束了。你当过记者，现在又是编辑，是文化人，你应该清楚女人都是有一种母性的，这也是一种爱。其实我们在这个大得让人迷惑的生活场里都不清楚自己是谁了。"

李明亮看着顺子，瞬间觉得顺子是个挺不错的女人，她有一种知性美。同时他也为自己感到悲哀。顺子说得没有错，他承认自己是迷失了，但是他不准备就此罢手，他觉得即使迷失和混乱这也是人生一种。

他们各自说着自己的观点，回到正常的位置，显得传统而高尚。

李明亮说："是谁打破了这一切的界限呢？如果你的男朋友不背叛你，你会在网上寻求这种感情吗？"

顺子说："是我不够坚定，不够爱自己！"

李明亮说："也许，爱自己是没有什么出息的，因为在这个时代谁都无法不受影响，守着自己的理想不被欲望左右。"

顺子不说话，她感到累。李明亮也不想说话了，也感到累。后来他们睡了，天亮的时候李明亮的欲望又升腾起来，他望着被子里的顺子，想揭开被子看看她的身体。他知道自己不能太冒昧，虽然彼此熟悉了，但仍然有界限。

李明亮说："我想看看你。"

顺子温柔地笑了一下，没有拒绝。

李明亮揭开了她身上的被子，看到了她的身体。他第一次那么认真地，有意识地去看。后来他笑了，给她盖上被子。李明亮在那一刻觉得自己像个好奇的男孩，他又钻进被子里，搂住顺子的身子，感受她身体的温度。

顺子说:"你的眼神是美好的,真的,也许我真的爱上你了,但是我们真的要结束了。我们是要美好一点,虽然我们给对方展示的都是彼此感到陌生的一面,但是我感受到你并不是那种只有欲望的男人。"

李明亮不置可否地吻了一下顺子的脸。

顺子没有反应,李明亮也并不是特别想要顺子,但是不知为什么他却想要让自己要她。也许是他想要感受一下自己心中那种模糊而潮湿的爱,为了不确定的一切想再一次融入顺子的身体,在欢乐中彻底忘记存在的种种矛盾。

顺子没有拒绝,最初也没有响应,似乎她在想什么问题,后来她的眼泪流下来的时候李明亮吃了一惊。

顺子很快就用手抹去了眼泪,变得情欲亢奋。

那一次也许是他们最完美的一次。

闭着眼睛的李明亮仿佛是把顺子当成了安佳,当成了余小青和马丽,当成了世间一切优雅漂亮的女人。当他睁开眼睛的时候,发现顺子正睁着明亮的双眼看着他。李明亮发现,顺子的那双真切、充满感情的眼睛并没有生对地方,她仍然是丑的。

李明亮想,好吧,最后一次。

第五章　堕　落

　　李明亮工作之余，在偌大的北京城百无聊赖，又忍不住去聊天室寻求陌生女人。那时他二十五岁的年轻的身体，和那颗变幻莫测的、充满欲求的心使他渴望来自女人的美好与爱，能够激发他，满足他，使他活得感觉到人生的意义。

　　李明亮见的第三个网友，是位长相还可以的、二十出头正在读大三的女生。

　　李明亮看着那个叫王芳的女生，想到因为经济条件不好和因为害羞而缺少爱情滋润的大学一年级的时候，有了一种想和她恋爱的感觉。王芳身子还很单薄，脸上有着一种怯生生的表情，让李明亮顿生爱怜。不过，当李明亮把王芳带到地下室时，王芳觉得他是一个没有钱的人，根本不像他在网上的名字——李明亮在网上起了一个叫"开奔驰的男人"的名字。她坐在李明亮的床上，只坐了一会儿就站起来说有事情，想要走了。

　　李明亮说："你是不是嫌我这儿的条件差？"

　　王芳说："没有，我真的有事情。"

李明亮不想让王芳这样就走了，他觉得自己很想和她谈一场恋爱。显然他知道王芳是嫌弃他了，因为他的住处暴露了他的身份。

李明亮说："你不是说需要钱吗？"

王芳说："是的啊，但是……"

李明亮说："我有钱的，你需要多少？"

王芳看着李明亮，心里觉得这个男人傻得很可爱，她不相信他有钱，于是说："我母亲生了病，现在住在医院里，如果再交不上医疗费，医院就要把我母亲赶出来了。"

李明亮从床底下拿出了那三万块钱。钱是包在破报纸里的，破开报纸时王芳的眼睛亮了一下。她惊讶地说："呀，那么多钱，是不是真的啊！"

李明亮得意地拿出一沓子，在手上敲了敲说："是真的！"

王芳从李明亮的手里接过钱，抽出一张，用手捏了捏，又还给了他。

李明亮说："你说吧，需要多少钱，你别跟我客气！"

王芳说："你真的会借钱给我吗？"

李明亮说："是的啊，是真的，我自从见到你以后就觉得是有缘分的。"

王芳一下子跪在李明亮的面前，她哭着说："李大哥，求求你救救我妈吧，真的，现在她好可怜，好危险——我给你打欠条好吧，这是我的学生证，你看一下，我真的是北大的学生。"

李明亮看着王芳眼里的泪水，连忙把她从地上拉起来说："起来，快起来，人不到难处是不会流泪的，也是不会给人下跪的，钱我是会借给你的……"

王芳起身之后见李明亮话说了一半就不说了，生怕李明亮的主意变了，于是又说："李大哥，我怎么感谢你呢？真的，我真是遇到好人了，我不知道怎么感谢你才好！"

李明亮大度地说："说什么感谢不感谢呢！救人要紧，你需要多少钱？"

王芳说："李大哥挣钱也不容易，我真不好意思……"

李明亮一挥手说："不要叫我李大哥，你这样叫是不是显得见外了？以后就叫我的名字吧！"

王芳说："那怎么好意思呢？我、我真是太感谢了。"

李明亮看着王芳，那一刻他觉得王芳就像他的亲妹妹，而他的钱是要拿给自己的母亲去看病的。

王芳拿了一万块，好像不好意思一次拿走李明亮所有的钱。

第二天王芳就给李明亮打电话，说她想见他。

李明亮很高兴，他从王芳无助的眼神中找到了从安佳那儿丢失过的自尊心。李明亮想去北大看看，那时候他仍然不太确定王芳就是北大的学生。王芳很快就同意了。他们在北大的门口见面后，王芳带着李明亮在校园里走了一趟。

那个时候的李明亮很想拉住王芳的手，没想到王芳却亲热地把手放到了他的手里。李明亮甚至看到王芳在挽着他的手时大方地对她的同学点头微笑和问好。

李明亮问王芳："把钱打给家里了吗？"

王芳的脸上立马又露出愁苦的样子，她说："还差一万块钱。"

李明亮犹豫了一下说："你早说啊，走，我带你去拿。"

王芳第二次来到李明亮的房子里时，把自己的吻献给了李明亮。

李明亮很激动，他真的有了一种恋爱的感觉。那种感觉很美好，美好得让他想要飞翔，让他想起四年前自己第一次和马丽接吻。

王芳一个劲儿地说李明亮是个好人。

李明亮不喜欢王芳说自己是个好人，他说："我喜欢你，真的，很喜欢。"

王芳说："我也喜欢你，真的。"

王芳第三次来到了李明亮的地下室，她甚至为李明亮买了一件T恤。她又是来借钱的，她说她为妈妈交上了欠医院的钱，但是病还得继续看，再有一万块就差不多了。

说完那话之后王芳又说："你会好好爱我吗？你好好挣钱，我毕业以后我们就结婚好不好？"

李明亮有点不舍得，但想了想还是把剩下的那一万块拿了出来。

那个时候他完全忘记了余小青和马丽的存在，包括安佳和顺子，也被他抛在了脑后。他的眼里只有王芳，王芳是个清纯美丽的女生，而且还是北大的学生。北大，那可是个闪闪发光的地方。李明亮觉得王芳虽然遇到了困难，但是她毕业以后会有很好的前途。那样想的时候他觉得自己有点儿势利了，还在心里批评了自己。他觉得自己并不是爱王芳北大生的身份，而是实实在在地爱她这个人。

王芳把钱放进自己包里时，李明亮在想着要不要把她拿下的问题。

王芳却说她要走了，因为她的妈妈还在等着她寄钱。

李明亮有点儿不舍得她就那样走了，他走过去抱住了王芳，他很动情地吻着她。王芳的身子在他动情的亲吻中软了下来，李明亮把她抱到床上，脱掉了她的衣服。

王芳说："我会怀孕的，可我现在还在上学……"

李明亮的房子里还有他和顺子用剩下的避孕套，但是他觉得那样就暴露了自己是有女人的，于是他穿上衣服说："你等我一会儿。"

李明亮回来的时候，王芳消失了，而且从此王芳再也没有出现。

李明亮打王芳的手机，手机总是关着的。

李明亮意识到自己被骗了，但是他不愿意这么相信，以为王芳有急事先走了，手机掉了。他去北大找王芳，但是王芳对他所说的她的教室、她的宿舍里都没有她的影子，也没有人认识一个叫王芳的北大女生，李明亮这才确定自己被骗了。

李明亮觉得该给余小青打个电话了。上次打电话时，他说过自己正在做生意，很可能会赚上一笔数目可观的钱，让余小青不要打扰他，赚了钱他会主动给她打电话的。

余小青问李明亮："怎么样，赚到钱了吗？我好想你啊，我给你打过电话，但是你的手机接不通，我真的忍受不了了，我想你，你回来吧，我不能没有你！"

李明亮沉默了半晌说:"地下室手机的信号不好。我也很想你,真的很想,这次没有赚多少,做生意真的很难,不过我是不会退缩的,我一定要让你在北京住上楼房,让你穿上漂亮的衣服……"

挂了电话,李明亮回到地下室抽着烟,想到了他理想中的爱情,觉得自己脱离了轨道,没有好好走路。自从离开余小青之后,或者说,自从认识余小青之后,他的心就长偏了。他希望能体验一下别的女人,不光是从身体上体验,还渴望和别的女人恋爱。顺子的出现让李明亮获得了三万块,但是他多少觉得那是出卖肉体和灵魂获得的。他忍受顺子的丑陋长相,想的却是余小青和安佳,想着余小青和安佳的时候,他又觉得顺子也可以爱下去。

安佳一直像个影子一样盘踞在李明亮的心里,让他觉得应该拥有像她那样的女人。直到王芳出现后他才想正儿八经地准备和她好好谈一场恋爱,但是只见过三次面,而且见一次她就骗走他一万块,那样的恋爱代价也太大了。他恨自己没有一点警惕的心,又觉得似乎这是命中注定的。舍财免灾,想一想自己那一段时间过得的确离谱,他想要安分一点了。

李明亮一个月的工资也不过一千五百多块钱,最初的两个月他没有编稿费,后来有了编稿费也不过两千块左右,每个月除了吃用和交房租,剩下的钱根本存不下。想到自己给余小青说的房子和车子,他感到自己的说法很滑稽。

李明亮以前并不是这样,以前的他是个有志青年,想要改变全世界的人类,现在呢,他觉得自己太可笑了。他有点希望余小青来北京了，他需要有一个女人管着，不然自己是管不了自己。

在李明亮感到脆弱无力的时候，他对余小青表达了自己的想法。

余小青很理解地说："我能想到你是多么难的，你根本不是一块做生意的料。你不要想着买房子的事了，只要我们相爱，有没有房子有什么关系呢！再说，等我离婚以后，我爸妈会把他们的房子给我们一套的，用不着你那么辛苦！"

余小青的话让李明亮感到温暖，但是他说："你怕不怕我变坏呢？"

余小青问："怎么坏法呢？"

李明亮叹了口气说："我想变坏，男人变坏就有钱。"

余小青说："这个嘛，你变坏也挺难的！"

李明亮觉得自己真正有些变坏时，是因为一个女人。

在地下室，李明亮看到过隔壁那个叫小红的女人。小红二十六七岁的年龄，比李明亮大。她的长发染成棕红色，细眉细眼的，红嘴唇，浓妆艳抹，看上去蛮时尚漂亮的样子。如果不是知道她的职业，李明亮觉得也有可能会喜欢上她。

在那段没有女人陪伴，同时也心灰意冷的日子里，李明亮无聊地想象着小红是怎么样与一个个陌生的男人接触的，也想到自己如果成为小红的客人该会是怎么样的。他没有过那种体验，感到思路被堵，心也像被一块生硬的石头压住了。他昏昏沉沉地睡去，在梦里，他变成了一个以吞吃灵魂为乐的飞来飞去的怪兽。醒来后他挥手赶走了自己的梦，觉得自己的身体有点儿麻木，又躺在床上睡了一会。

每天晚上很晚小红才回来，回来时尖尖的高跟鞋橐橐地把水泥地板踩得很响。李明亮觉得自己还没有真正堕落，他还想试一试堕落的感觉，这样的想法产生后就立马在他的心里扎下了根。他想知道自己究竟是一个什么样的人，他觉得自己早就有过堕落的渴望，而这种渴望被什么抑制住了。

星期天，李明亮让自己不要想余小青了，他想要折腾一下自己。他抽烟，似乎想要有点堕落的思路。空气不流通的地下室的房子里烟雾弥漫。后来李明亮从房子里出来，站在过道里。他知道那个叫小红的女人通常是睡到中午才起床。他在等她，想要从她的身上得到一点堕落的灵感。他想，如果主动跟她说话，要求跟她聊一聊，她也许不会拒绝。和她聊什么呢？

李明亮意识到自己越走越偏了，但觉得无法控制自己的想法。

地下室二十几间房子里都住满了人，有的是男女在一起，有的是单身的男女。住在地下室的人员形形色色，多数是收入不高的公司职员，房客之间并不来往。房管任大姐每天都候在地下室看电视。她养的一只京巴，身上的毛脏兮兮的不成样子，后来不知被谁砸瘸了一条腿，经常发出尖厉的哀嚎声。那段时间任大姐心疼狗，在晚上的时候因为有人在过道里撒尿，她没有目标地骂了半天。

白天地下室里人不多，也很安静。一到晚上人就回来了，就有了很响的音乐，有了嘈杂说笑和电视的声音。李明亮的房子里没有电视，他也不喜欢看电视。他有从单位拿来的书，也有几本是他从西安带到北京还一直没有看的书。他觉得自己没有心情看书，也没有写诗的感觉，他搞不清楚自己的心思为什么会朝着那些歪门邪道的方向生长。

以前李明亮待在房子里觉得无聊，也站在过道里抽过烟。他看着空空的过道，渴望从哪个门里走出个人来。如果对方是个男人，他就低下头，装作等人或者出来透气的样子；如果对方是个女人，他会让自己鼓起勇气，大胆地盯着对方，那有穿透力的目光甚至能看到女人的衣服里去。当然，那是李明亮心里所想象的穿透力，真实的他并不敢太放肆，因为他意识到自己还是一个文化人，文化人是应该有一些修养的。

小红穿着一件大红的睡衣走出来时看了李明亮一眼，因有心思，李明亮感到猝不及防地被电了一下。小红手里提着只红色的塑料尿桶，他觉得在这样的时候跟人说话不太好，就让她走过去了。小红提着空桶回来的时候，李明亮想对她说话，但是话到嘴边又吞下去了。他看着小红回到房里，自己也只好回到房子里。

李明亮收拾了一下，等着小红出门。直到天近黄昏的时候他才听到小红锁门的声音，接着听到她的高跟鞋发出的声音。李明亮锁上了门，然后像个侦探一样跟在小红的身后。两个人相距有十多米远，出了大门就是马路，李明亮停住脚步，看着穿着一身鲜艳衣服的小红通过马路，然后拐了一个弯，到了一个叫"星星草"的歌舞厅。

歌舞厅门前停着许多小车，一闪一闪的彩灯像是在给那些车眨眼。李明亮拍拍自己口袋里的钱，启动了步子，穿过马路走进了歌舞厅。

欢乐颂

歌舞厅里并没有人跳舞，因为那根本就是个形同虚设的歌舞厅，里面是一间间小包厢。穿着艳丽的女人们站在两排房子的中间，也有的坐在敞开门的包厢里，像随时准备上台演出。

看到李明亮走进来，有两个女人一起走过来。李明亮第一次经历这样的场面，心里有点怯，但看着她们都笑嘻嘻的样子，渐渐也放松了一些。

李明亮说："我来这儿看看。"说完又觉得那样说不太好，又说，"我几个哥们儿说是要到这儿来玩，我来得早了，我等等他们。"

她们让李明亮叫个人先玩，李明亮摆摆手说："不用了，我还是先等等他们。"

她们离开了，李明亮一边用眼睛搜寻着小红的身影，一边在想着和她相见时的台词。小红终于出现了，李明亮装作不认识她的样子，她好像一时也没有认出李明亮来。李明亮有一丝失望，眼看着她要走过去，他站起身来说："咦，我好像在哪里见过你！"

背后突然有一个声音，小红回过头疑惑地问："你是？"

李明亮用手拍着脑袋，像是在回忆似的，然后重重在自己的脑袋上拍了一下说："哦，我想起来了，你就住在不远的地方，地下室，我们是邻居。"

小红向四周看了看，见没有人注意，一脸狐疑地问："你找我？"

李明亮微笑着，轻轻点头说："我感到无聊，到这儿来坐坐，这儿怎么没有人跳舞呢？"

小红说："这儿是一个喝酒聊天的地方。"

李明亮"哦"了一声说："我想了解一下，如果找人聊天的话得花多少钱呢？"

小红说："来这儿的一般都是有身份的人，他们都开着车，开个包间得三百，请个女孩小费最低二百，吃点东西下来，差不多得七八百块吧！"

李明亮心想，在这儿消费一次就是他两个月的房租，于是他感叹了一下说："那么贵啊！"

小红说："贵？你请回吧！"

李明亮的自尊心好像被触动了，他的包里有八百块，那些钱是他一个月的生活费，但是他不想那么多了，他想在这儿花点钱。

李明亮让小红陪他，小红答应了，带着李明亮走进了一个包间。包间里的灯光很暗，皮沙发前面是红色茶几，电视机放在柜子上。小红摆弄了一下，电视里闪出一个扭腰弄胯、卖弄风骚的泳装女子。

服务生过来问要点什么，李明亮拿着消费单觉得什么都贵。最后他点了一壶最便宜的茶，又要了一包爆米花。他想到光是包间费就是三百块，如果再给小红二百块的小费，那八百块钱也就剩不了多少了，这让他很长一段时间不能放松。

小红在李明亮身边，不是太近，似乎她考虑到他是自己的邻居，要适当矜持一点。李明亮也无法放松，不知该怎么玩下去。他从书上知道那样的一个地方是可以动手动脚的，因为她们挣的就是那个钱。李明亮觉得自己应该有点动作，不能干坐着，那样太亏了。他希望小红主动一点，但小红也不主动。

　　后来小红问李明亮唱不唱歌。李明亮说："我不会，你唱吧！"

　　小红倾情唱了两首歌。一首是《爱我的人和我爱的人》，一首是《其实你不懂我的心》，唱得李明亮心中难过，他觉得拿自己没办法，他得犯一些错误，来刺激那颗已经盲乱了的心。

　　李明亮后来还是觉得应该有所作为，既然花了钱，不能白花。他用鼻子去嗅小红的头发。小红问他："你闻什么？"

　　李明亮说："你的头发很香！"

　　小红笑了，说："你喜欢？"

　　李明亮点了点头，伸出手来让她把头靠在自己的肩膀上。他觉得，自己可以变好，也可以变坏，可以堕落，也可以继续做一个正人君子。

　　小红靠着他，李明亮从小红的脖子向下看，看到她半裸的乳房，白白的，鼓悠悠的。他觉得美好，想去摸摸。他花了钱，摸摸，估计她也不会反对。小红抬起头来看他时，眼光一下碰上了，李明亮有点不好意思，不由得叹了一口气。

　　小红说自己没有读过几年书，没有什么文化，她是从乡下来的，来北京几年了。李明亮觉得小红挺不容易的，对小红变得尊重了些，想摸她的想法收了起来。但是李明亮心里又想着能给她一点爱，他清楚自己的想法有点犯糊涂，但是他那样的糊涂在他来北京后的整个行为过程中是贯穿始终的。后来李明亮又把对小红的尊重变成了爱意，他拉着她的手，用他带着感情色彩的眼神看着她，看得她有点儿紧张。

李明亮说："我喜欢你。"他说了那话，自己也不知道是真是假，但在那个时刻他觉得是真的，他把小红当成了一个爱着的对象。他太空虚了，那么说带着点逢场作戏的感觉。

小红觉得李明亮有点儿不正常。李明亮把她抱在了怀里，然后吻她的脖子。他觉得自己对她有了欲望，像个动物一样想要她，而那在他的感觉中就是模糊的爱。小红最初不肯与李明亮亲吻，李明亮几乎是强行把自己的舌头攻进了小红的嘴里，像只棕熊吮吸蜂蜜一样贪婪。后来李明亮情不自禁要求她跟自己回去。

没想到，小红说："你想也可以，你知道出台费是多少吗？"

李明亮问："多少？"

小红说："一次六百，过夜一千。"

李明亮欲火攻心，他说："好。"

李明亮带小红回地下室的路上还在想，他是爱她的，所以才想跟她睡在一起。睡在一起，似乎两个人都可以获得安慰，共同抵御在城市中的孤独与空虚。

李明亮为和小红聊天几乎花光了所有的钱，他想，和她做一次，至少应该是可以欠账的。

问题就出在小红不愿意他欠账上了。

当李明亮有点扫兴地从小红的身上滚下来时，想到自己要付钱的现实，觉得那样冲动一点都不值得。因为在做的时候，他想投入一个男人对女人应有的那种真诚的、充满着爱怜的感情，但小红一点都不配合，只希望他早一点完事，而要钱的时候却显得过分理直气壮。

见李明亮迟迟不给钱，小红的脸冷得像冰块，一点都不是李明亮想象中的样子。在李明亮的感觉中，他投入地去做，希望她能获得快乐，他一片好心，小红应该感激，不应该逼着向他要钱。

小红盯着李明亮，一脸看不起他的表情，坚定地说："拿钱来，你他妈没钱为什么要老娘出来？你舒服了不想给钱？没有门儿！"

李明亮说："你没有舒服吗？好了好了，我不讲这个，我不会不给你钱的，现在是没有钱，反正我住这儿，跑不掉的，晚几天不行吗？"

小红说："你他妈的跑了呢？老娘到哪里去找你？"

李明亮强压着心头怒火说："我对你说了，我就住这儿，不跑。还有半个月发工资，发了工资我会给你钱！"

小红板着脸说："我不能每天都看着你，你还是想办法把钱给我，免得大家难堪！"

李明亮气得浑身发抖，有一阵子不说话，他在想着她能如何让他难堪。

后来小红又说："你不给钱是不是？我打电话叫人来了！"

李明亮气恼地说："你打吧！"

小红打通了电话，不到十分钟就来了两个长相粗鲁的壮实男人。

一个男人让李明亮识相一点，乖乖把钱掏出来，免得不自在。

李明亮没有钱可掏，另一个男人动手翻他的口袋，口袋里只翻出一百多块钱。男人显然对李明亮感到失望，他问了一句："真没有钱？"

李明亮说："真没有！"

话音刚落，只觉得面门上被打了一拳，那一拳让他眼冒金星，倒在了地上。

任大姐打电话叫来了警察。

小红一口咬定李明亮强奸了她，打他的人那时已经跑得不见踪影。

警察把李明亮带走了，因为没钱交罚款，也不想让别人知道，便被关了半个月，出来以后工作也丢了。

在拘留所里，李明亮受伤的心像是塞了一团棉花一样难受。他觉得是小红毁了他，他想报复。出来以后他弄了把刀子，看着刀子闪着阴冷的白光，想象刀子捅在小红白生生的身体上，血会汩汩涌出来，他自己都觉得有点害怕。

李明亮想着自己究竟该不该报复，后来他想通了，他觉得不应该，因为小红那样正是个婊子的做法，他李明亮应该从她的做法上受到教育，接受现实，好好做人。

刀子买下了，这事不能就这么算完。思前想后，李明亮心一横，用刀子在自己的手臂上划了一刀。伤口也不算太深，过了一会，血才滴滴答答地落在地上。

看着鲜红的血流出来，李明亮觉得他被什么给改变了，一时心里难过，眼泪也涌了出来，好像受了天大的委屈。

第六章 朋 友

有一年春节，李明亮是和孙勇一起过的，他们都没有回家。

李明亮觉得自己没赚到钱，回家也没面子。孙勇和家里人关系不和，也是不想回家。那时李明亮已经从地下室搬到地面上，在一个四合院里租了一间房子。孙勇也租在那附近，两个人经常在一起聚。

李明亮重新找了一份工作，仍然是做杂志的编辑，孙勇还是在报社工作。

春节过后不久，孙勇便辞掉了工作，在家写起了长篇小说。他说自己要想成为中国的塞林格，写出《麦田里的守望者》那样的作品。虽说那时他还没有正式发表过一篇小说，不过他很乐观，觉得自己写的书最低也得首印十万册，算一下，少说也会有二十万的稿费。

孙勇和李明亮在一家河南面馆吃面时兴奋地说："稿费算什么？那时候老子就出名了！出了名了书就更好出了，出版社的编辑排着队，争着抢我的稿子，我不想写都不成！我的写作速度快，三个月写一本，一年写三本，留上三个月，他娘的好好玩！"

李明亮吃惊地看着他，不相信地说："你也太夸张太不现实了吧！"

孙勇眯着眼睛，神情中充满了对李明亮的不屑："有什么不现实的？我教你什么是现实——在这种地方吃面就是现实！你竟然带我来这种地方，这是我这样的人来的地方吗？你天天吃这种东西，这是人这种高等动物吃的吗？等我的书出版了，我发誓不会再让你在这样肮脏的地方，吃这种没有营养的面了……"

李明亮笑了笑。

孙勇说："你现在的工资太少了，还不到二千块，换成美元，还不到三百块。太他妈没尊严了，苦苦干一个月还不够人家一顿饭钱。你知道我当记者时一个月多少？我是你现在工资的五倍！当然并不是每个月都有一万，不过有时候谈个软广告下来，就有可能拿到几千块的提成。你看这么好的工作我都不干了，你说为什么？"

"为什么？"

"人不是金钱的奴隶，只是为了赚钱而活，还应该活出一些价值！作家不是要体验生活吗？等我写完这部书，我就会去餐馆当服务员，去工厂当工人，做各种各样的工作，我要为写作积累素材——下一部书我会把今天吃面写进去，到时候用你的真名，你不会介意吧？"

李明亮笑了笑说："随便你。"

孙勇打量着李明亮，看了一会儿说："你现在这种情况，一个月二千来块钱，连身像样的衣服都买不起，怎么配和漂亮的女人谈情说爱呢？说真的，你的底子不差，就是穿得寒碜了点儿。你应该注意一下自己的形象，去找个有钱的情人让她把你包养起来——你应该了解世界上的一些著名作家吧，哪个没有过七八个情人？我简直无法想象一个作家离了女人还会有什么可以写的——你写的东西，我不用看就知道没有什么意思！"

李明亮说："我一直在写诗，还没写过小说——不过现在也想试着去写写小说了，赚点稿费贴补生活用吧！"

孙勇说："你写小说？我问你，除了马丽和余小青，你还有没有别的女人？你别告诉我只有她们两个，那样你根本不配写小说，不配跟我谈论文学和女人。看在你请我吃面的分儿上，我以后会教你怎么泡女人，泡女人，我在这方面可以说已经是个老资格的专家了……"

李明亮笑着说："你怎么知道我就不会有别的女人？我不像你，你这种人只有兽欲！"

孙勇伸手在李明亮的肩膀上拍了一下说："知音啊，是，我现在只相信欲望！写《洛丽塔》的那个作家叫什么来着？对，纳博科夫。他小说中的中年男人亨伯特和一个才十二岁的女孩发生了关系。还有《北回归线》的作者亨利·米勒，他写的这部书可以说把欲望写得淋漓尽致了吧，这就是人性的一种真实。在我看来，中国只有一部书是值得一看的，那就是兰陵笑笑生写的《金瓶梅》，太牛逼了，说真的我很佩服他们——这些作家如果没有经历，怎么可能写出世界名著？我实话告诉你，看在你当过我班长的分儿上，不收你的学费——肉体越堕落、越腐烂，越是可以滋养灵魂！你需要那种堕落的感觉才有可能写出世界名著！欲望真实地存在于我们的生命中，我们却要否认它的存在，这不叫虚伪吗？等我写完我的长篇，你看了之后就会对我有信心了，你也就知道怎么泡女人了。我的这部书不会比任何一本世界名著差——在我这部书中写了一个男人和三十多个女人的情欲故事，绝对畅销！"

李明亮说："我希望你能畅销吧，到时候你就请我到五星级的饭店好好吃一顿！不会吧，你和三十多个女人上过床？"

孙勇说："你不能用发展的眼光看问题吗？现在还没有，在将来肯定会有。必须吃好的啊，我是那种小气的人吗？前几天我去夜总会了，许多长得漂亮的女人在夜总会里，许多有钱的男人也都在夜总会里。那些有钱的男人，还有长得漂亮的女人，在我看来他们个个都是艺术家。他们会玩，会享受啊，他们的生活比我们更艺术、更高级啊，他们代表着时尚和潮流啊！诗人，我问你个问题，艺术是什么？"

李明亮说："有屁你就放吧！"

孙勇说："艺术来源于生活，有些人通过生活直接就艺术人生了！金钱是个好东西，虽说我不爱钱，但不能否认金钱的魔力！有钱的男人可以让女人围着团团转，有钱可以让一切变得更艺术。在这个世界上什么最重要？一个字，钱！"

李明亮说："你去夜总会干什么了？"

孙勇说："我去体验生活啊！那儿有漂亮的女人，也有长得帅的男人。实话说，尽管我有可能会是未来的世界级的文学大师，但我现在想找个有钱的女人，这样我就可以过上优越的写作生活。不过结果很让人失望。想知道为什么吗？中国有钱的女人不像国外女人，她们不懂文学，你给她们谈文学等于是对牛弹琴。你不要以为给富婆当情

欢乐颂

人这事儿很丢人，这有什么呢？这也是一种体验，一种经历，对你将来的写作是有帮助的！如果有这样的机会，你会不要？"

李明亮说："我不太可能有这样的机会，也不想！"

孙勇说："傻了吧你，虚伪了吧，你连这点牺牲精神都没有，我敢肯定你这辈子都写不出什么好作品了。当然，就凭你老实巴交的样子，的确是不大可能有这样的机会！说实在的，生活在中国这样传统的、保守的国度是让我失望的，因为中国女人比较现实，不懂得什么是浪漫，不知道情人是个什么概念——她们尤其不懂得如何欣赏文学和艺术，说白了她们没有什么文化，又特别虚伪，不像欧洲一些国家的女人，从小就弹钢琴，喜欢油画，阅读了大量的世界名著，对有艺术才华的人心生倾慕，愿意以身相许，活得特真实！因为种种原因，她们也许会嫁给巨商富贾，不过她们从骨子里喜爱艺术，愿意为艺术献身，会以资助艺术青年的创作为荣。如果我生活在法国，或者英国，现在根本就不用操心工作的问题！"

李明亮说："要不你干脆移民到欧洲吧，中国这个地方不适合你这样的人了！"

孙勇说："我是爱国的，我是属于祖国的，打死我都不会去欧洲。北京美女真是太多了，我每一次去西单和王府井逛，在商场、在地铁里随时都可以看到让我心动的女孩。我总是很想走过去拍拍美女的肩膀对她说：'你真漂亮，可不可以请你喝杯咖啡？'但这样行不通，现实太无奈了，那些女孩总是与我擦肩而过，我想一想都会心碎！李明亮，你可以想象那些美女，她们最终会躺在哪些人的怀里……"

李明亮说："当然是有钱有势的男人怀里啦！不过，你这样想是不是很可笑呢？这个世界上又不止你一个男人！"

孙勇朝着空气吹了口气说："我操，你说人活在这个世界上，有什么不是可笑的？一切都不过是游戏，强者与弱者、高智商者与低智商者、有钱人和穷人、男人和女人之间的游戏！我算是看透了，所谓的道德不过是人类的枷锁，让人在谨小慎微中循规蹈矩地活着，我请你想一想，人那样活着有什么意思呢？我不会让自己在道德的枷锁中苟且偷生，那是因为我知道人生短暂，我想成为文明秩序的破坏者，因为没有破坏就没有真正的建设……我再考考你，你知道什么叫走秀吗？"

李明亮说："不就是模特在 T 型台上走猫步吗？"

孙勇笑着说："祝贺你，看来你不是个白痴！我最近认识了一位女模特，我操，长得太美了，那身材，那小脸蛋，那言行举止，让我晚上睡不好觉啊！最近她给我打电话，说要介绍我去走秀，你说我兴不兴奋吧！你看人家胡兵出名了吧，有钱了吧，如果我能成为男模，说不定会有多少富家小姐为我失眠！不过，我的主要兴趣是当演员，走秀也就是挣点儿小钱。走一回秀人家给二百块，虽然不是很多，但这也是一次展示自己的机会。一个演员在没有成名的时候不是也得跑跑龙套吗？我希望走秀时有漂亮富有的女人看上我，说不定会给我出个几百万，让我弄个影视公司。我自己写剧本，写了自己拍，演员由我来选，想上镜的先得我和上床。小刚、家卫、艺谋这些导演算什么？我要是当了导演，不知有多少风骚貌美的女人愿意投怀送抱，到那时候你也不用愁找不着女人了，只要你说是我哥们……"

李明亮想到余小青，有点不开心地说："你怎么又想起当演员来？你不是要成为中国的塞林格，要写长篇小说吗？"

孙勇说："小说当然还会写，不过现在我想先放一放。以前我当记者采访过一位导演。实话对你说，我一点也没有夸张，他当时还以为见到了韩国明星。他说：'你怎么干起记者来了？你完全可以去当演员啊。'那时他正好准备拍个片子，有一个角色可以考虑由我来演，但是我胖了点，如果能十天内减掉二十斤的话就可以了。十天减掉二十斤怎么可能啊，所以我放弃了那个机会。不过当明星多好啊，美女环绕，众星捧月，那些追星族为了得到你的一个签名可以为你逃学、卖身，甚至为你去砍人！我真后悔上大学的时候没有去学表演……"

吃过面，李明亮埋了单，两个人在大街上散步。

孙勇用一双乌溜溜的眼睛追寻着美丽女人的身影，对李明亮说："你看到大街上走过的那些漂亮的女人也会动心吧！男人对女人都有一种占有欲。换种文明的说法，也可以是一种付出，一种牺牲精神。城市里那么多孤独的女孩，我们不去满足她们谁去啊？尤其是像我们这样长得这么帅的，更不能浪费资源！写作是一件辛苦，也是伟大的事情，尤其是作家，可以说是为了全人类而写作，他们身边更应该有不同的女人，我相信万能的上帝也会支持我的观点！"

李明亮听着孙勇夸夸其谈，有点闷闷不乐。

孙勇递给了李明亮一支烟，自己也点燃了，边抽边说："你别把女人想得太好了，她们心里想的和男人想的差不多。说白了在这个年代爱情是骗人的东西。你要想得到女人，还必须打着爱情的旗帜，女人相信那一套。事实上在我的词典里对于女人永远是两个大字：占有。占有是相互的，在我占有她们的时候，她们也占有了我。换句话说，占有就是爱情的另一种版本——总之你要相信，你跟我聊天会长知识的，你还抽我的烟，也好意思！"

一个周末，孙勇给李明亮打来电话，说要借他的房子用一用——他认识了一个女孩，不想把她带到自己住的地方，理由是他的房间和床都太小了，而且房间里特别乱。

孙勇说："那女孩还有个女同事，是幼儿园的老师。我把她搞定，再让她帮你介绍一下她的朋友。她朋友我见过了，个子高高的，还喜欢文学，非常漂亮。上次你不说想要找个有文化，能够理解和支持你写作的女孩吗？我一会儿就和她过来，你晚上就在我那儿凑合一夜啊，我们是哥们啊，就这么定了！"

李明亮不想同意，也只好同意了，因为孙勇说完就挂了电话，带着那位女孩子来了。

女孩子看上去十分单纯，见了李明亮，还给他鞠了个躬说："您好！"

李明亮对女孩点点头，心里有点生气，最后还是和孙勇换了钥匙，没有多说什么就走了。第二天李明亮回到自己的住处，女孩子已经走了。

　　孙勇兴奋地说："我真想不到，她还是个处女！"

　　李明亮皱了皱眉头，认真地看着孙勇说："你不要伤害人家，如果可以，就好好跟人家相处吧！"

　　孙勇说："我是想要和她好好地处，但是她太小了！我问她有多大，她说自己二十岁，我看不过刚满十八。我说我不喜欢年龄小的女孩，她又说自己二十四岁了。你也看到了，她看上去就像个中学生，怎么可能有二十四岁了？她太单纯了，身体真白，我脱了衣服觉得自己真他妈丑陋！不过这个世界就是这样子的，撑死胆大的，饿死胆小的！你不要用这种不满的眼光看着我，我知道你是个假正经，对我心里有不满——女孩变成女人，总是得有一个男人出现吧，即使我不出现还会有别的男人！"

　　李明亮不高兴地说："你一开始就不打算和人家相处下去，怕人家找到你，就来我这儿。如果女孩找到我这儿我该怎么说？你也太不像话了吧！"

　　孙勇笑嘻嘻地说："不是我不想和她好，我不喜欢单纯的女孩，因为我跟她谈尼采、叔本华，她一点都听不懂。跟她说话的时候和跟小朋友说话一个样，我特别受不了！"

　　女孩打孙勇手机，他不接，后来把电池卸了。

　　女孩找到李明亮家里，她怀里还抱着一只线团一样的小猫，见到李明亮，羞怯地又给他鞠躬说："您好，我请问一下，您知道孙勇去哪儿了吗？"

　　李明亮说自己也不清楚。

女孩说："对不起，您见到他，请把这只猫送给他好吗？"

李明亮接过猫，女孩走了。

到了晚上，孙勇才开机，和李明亮见了面。

孙勇说："她过来了？我说她天真，你终于见识了吧！是不是她又给你鞠躬对你说'您好'了？我对她说过，我不喜欢动物，她偏偏说动物最能培养人的爱心。你说我现在连工作都没有，自己的生活都没有保障，怎么有心思养只破猫？"

孙勇整天忙着约会，泡女孩子，在报社上班时存下的钱就快花完了。他没有工作，没有钱，只好找李明亮来借。李明亮工资不高，也没有多少钱，一次也只能借给他一两百块，让他生活用。

孙勇想成为演员，因此每天都去北京电影学院碰运气。后来他还带回来了个表演系的女孩。

那女孩染着棕色的头发，大眼睛，薄嘴唇，见了李明亮大大方方地伸出手说："大作家，你好！"

孙勇向那个女孩介绍说："我对你说过，这是著名的诗人、剧作家李明亮，未来的诺贝尔奖获得者，哎……那个剧本写得怎么样了？下个月就可以拍了吧？"

孙勇边说话边朝李明亮使眼色，李明亮明白他叫自己一起演戏。李明亮不愿意骗人，却也不好当场揭穿他，只好哼哼啊啊的。

孙勇向女孩吹李明亮说："我这位朋友特别有才华，有才华的人一般不太善于说话。你别看他现在这么有名气，但是还是单身！不是

欢乐颂

没有女孩喜欢他，是他眼光太高了。也不是我吹他，他将来肯定是一个世界级的文学大师，一般的女孩哪儿配他啊！小江，你看你们同学中哪个最优秀、最漂亮，你给他介绍一下。我这个朋友特别有钱的，实话说，现在他住在地下室是为了体验生活。作为一个艺术家，住在别墅里无法体会到下层人民的生存状态，无法写出真正有力量、有影响力的作品……你说对吧？"

小江不住点头，李明亮也只好谦虚地微微点头以示回应。孙勇想要李明亮早点离开，不断地给他使眼色。在李明亮还在犹豫的时候，孙勇大声说："你不是说你还有事儿吗？你去吧，我和小江谈一下剧本的事！"

小江站起身来送李明亮，毕恭毕敬的，还真把他当成了文学大师一般。没有办法，李明亮只好离开了自己的房子。

孙勇打电话让李明亮回来时，女孩已经走了。

李明亮一进屋，孙勇就说："我们什么都没有发生，告诉你也不相信。我们抱了一会儿，那个时候我不知是良心发现还是怎么着，我觉得我活得特别悲哀。我不能再这样下去，因为我本质上不是一个骗子。我是一个有志气、有想法，而且完全可以成就一番伟业的男人。我应该拥有我对她说的一切，可是我没有。我感到自己很卑鄙，很无耻，活得特别无聊。我不知当时我怎么就说了那些假话。不过当我第一眼看到她的时候，我很清楚，如果我不说假话，她绝对不会对我动心。也许我是喜欢上她了吧，我就骗了她。我说我家里特别有钱，我现在正准备拍一部反映北漂一族的电影，剧本都定下来了，我们为了体验生活，放弃了别墅，就住在贫民窟。她也是想演个角色，又见我不像骗人的，就相信了我。如果你不认识我，你看我的形象会像是个骗子吗？"

李明亮看着孙勇，笑着说："是不大像——但本质上，你就是个骗子，你不仅骗了别人，也骗自己！"

孙勇说："悲哀！我沦落到这个地步了。说真的，我好像是真的爱上了她！爱情这玩意儿，我以前不相信，现在感觉到了。爱情让人产生美好的感情，让作家产生伟大的作品。我现在天天在反思自己，我不知道下一步该怎么办。对她说真话我们肯定会拜拜，继续骗她纸也包不住火，你说我现在该怎么办？我觉得自己在犯罪，没有救了。你不知道，尤其是这几天，在吃方便面、喝白开水的时候，我特别想自杀。刀子都买好了，我下不了手！"

孙勇难过得落下了泪。

李明亮还真没有见孙勇流过泪，知道他困难，便从口袋里又掏出三百块钱来说："这三百块你先拿着用，去找份工作吧，不能再这样下去了！"

孙勇抹去眼角的泪水，接过钱说："我没有看错人，你是我遇到的最好的朋友，我啥都不多说了，从今以后你将会看到一个崭新的我——其实，你知道我家里是有钱的，我爸和我大哥开了个工厂，有三部车，不过我不能向家里要——你不知道，有钱人的家庭和你们没钱人的家庭是不一样的，有钱的人家只有钩心斗角，没有亲情可言！前年我回家过年，给我哥打电话让他开车来车站接我，结果我等了整整四个钟头，直到天黑了我才打了个车回到家！"

李明亮说："是不是你哥有事耽误了？"

孙勇说："我哥怕我争家产，处处防着我。那厂子是我爸爸和他一起创办的，后来我爸生病不能干了，他当了厂长。我妈给我打电话，她说我哥和我嫂子在我爸面前说我许多坏话。我这才明白我每次给家里打电话，我爸为什么总是骂我……我们家里的事我跟你说你也不明白，总而言之，只有我妈现在才是我唯一想念的人。其实这几年我活得一直很沉重，我想干出一番成绩来回家，我不想被他们耻笑……"

李明亮说："你想干事情，不应该那么花心的吧！"

孙勇说："我为什么要找女人？因为我想从女人那里得到感情，就是得不到感情，我还可以得到欢乐。我算是看透了，男人和女人，一切都是虚情假意。你不得不承认，有时堕落是非常痛快、非常真实的。我想通过我的行为来向全世界的人展示我的灵魂，我究竟是怎么肮脏。我要向所有的女人展示我的灵魂，让她们记住我，我的存在，在别人的记忆里，这不是我说的话，我忘记是谁说的了。你不要以为我自以为是，事实上我最看不起的是我自己！当然，话又说回来了，这个世界上也没有什么人能让我真正瞧得起的！"

找工作不顺，孙勇又想要写作。他的长篇已经脱稿，想要修改时电脑又坏了，改不成。李明亮给他的三百块钱很快就用完了，他没有别的朋友可以借，只好又来找李明亮。

孙勇左手拍着右手，缓步走到李明亮面前说："'老人七十仍沽酒，千壶百瓮花门口。道傍榆荚巧似钱，摘来沽酒君肯否？'这首诗真他娘的写得不错，虽然卖酒的老翁不会犯傻，赏给岑参一杯酒，但我想他写出这样的诗，还是会像喝了酒一样高兴——你请我去喝酒吧，我特别想喝点儿酒！"

李明亮为了那首自己也喜欢的诗，便请孙勇喝酒。没想到孙勇喝醉了，他不放心孙勇一个人回去，又扶着他，送他回去。

孙勇的房子里只有一张单人床，一张桌子。床上有一条破破烂烂的黑心棉做的被子，没有褥子，床上铺的是一件半旧的绿色风衣。桌子上摆着一台破旧的电脑、书本、牙膏、吃了一半的方便面，乱七八糟的。桌子一边是他的行李包，行李包上插着一把半尺长的刀子。

孙勇指着行李包上的刀子说："你看，刀！我真他妈想去抢劫！实话对你说，今天我在银行里看了半天，看到有一个女的取了不少钱——我跟上去了，跟了很远，没好意思下手。知道我为什么没下手吗？"

李明亮问："为什么？"

孙勇说："因为那女人长得好看，我想，我怎么能忍心去抢长得那么好看的女人呢？实话告诉你，我现在心里有很多东西，我想要写作！真的，我现在写肯定会成功。你的电脑能不能借给我用一个月？就一个月！"

李明亮说："就算我借给你电脑，你不出去工作，还是会坐吃山空，你的书不是那么容易出版的，我的收入也不高，真的没办法再借钱给你了！"

孙勇说:"我要挣钱就挣大钱,我的家庭和你的家庭不一样……实话告诉你,今天我妈她给我打了十多个电话了,我都没有接!"

"为什么?你怎么不向家里说明你的情况呢?"

"我手机上只有两毛钱了,接听,说不了几句话就会断线!"

"用我的手机,你给家里打个电话吧,省得他们担心!"

孙勇犹豫了一会,用李明亮的手机打通了电话。他拿手机的手有点颤抖,眼圈还有点儿红了。

电话通了,孙勇用力咳了一声说:"是妈吗?我的手机听筒坏了,下午刚买了部新的手机……我现在挺好的,我写的书也快出版了……"

孙勇通完电话,神情严肃地对李明亮说:"我们是好朋友,我请你帮我个忙好吗?"

"你说吧,帮什么忙?"

孙勇从行李箱上拔出那把刀子说:"我自己动不了手,你帮我把我给杀了吧,我给你写个证明,证明你无罪!"

李明亮从孙勇的手里拿过刀子,想了想,后来还是从口袋里掏出钱包,拿出了三百块钱说:"最后的五百块钱了,先给你用着吧——这个月你再不去工作,五百块花光了之后,你去偷去抢,是死是活,爱怎么样怎么样,你也再不要来找我了!"

第七章 情 欲

李明亮没有想到的是，还不到一个月时间，孙勇就因为拖欠房租被房东赶了出来。孙勇没有地方可去，只好来找他。见孙勇把行李都搬过来了，李明亮也不好再说什么。

孙勇神情落寞地说："最近我觉得人生特别没意思——我想出家了！"

李明亮笑着说："就你还想出家？最近是不是又受到什么打击了？"

孙勇说："你还记得那个表演系的女孩子吧，染着棕色头发的，大眼睛、薄嘴唇的那个，我觉得自己真的爱上了她——我喜欢她，但我骗了她，她让我觉得自己活得特别无耻、无聊，她走了之后一直没联系她，前不久我突然又想起她，于是在网上查到她了。你猜怎么样——她现在已经出现在一部电视剧里了，才多久啊！如果我真的像我骗她的那样，说不定她真的能够成为我的女朋友，失败啊——还有那个抱猫的、一见面就给人鞠躬的女孩，多单纯啊，我一直没告诉你，我让她怀孕了，你说我罪过吧！"

李明亮说："最后怎么样了？你和她还有联系吗？"

孙勇说："我带她去了医院做人流——要不然我怎么会没有钱交房租呢！"

李明亮想到那个单纯的女孩，心里有些气愤，便说："你别住我这儿了，你让我觉得恶心，你怎么可以这样？"

孙勇嬉皮笑脸的不走，他说："你认为我是个坏人吗？你很清楚我！我是你从高中到大学的同学，是个将来完全有可能伟大的作家，你应该对我耐心点儿——你放心，等我找到工作立马就搬走！"

李明亮被孙勇气得说不出话。

晚上，两个人聊天。

孙勇说："我给你讲讲以前我对你没说过的事吧，我认为每个男人都有自己的隐私，我讲了到时你也讲一个，这样公平。"

李明亮答应了。

孙勇说他在两个月前看到一则招家教的消息，想补写作。他想自己当过记者，又是个作家，很适合这个工作。电话打过去，很快见了面。

对方是个很有气质的中年妇女，叫欧阳虹，离异，有个女儿正在读高三，想提高写作水平。

那欧阳虹差不多五十岁，脸上有了皱纹，但一眼就能看出她年轻时很漂亮。她留着染色的齐耳短发，耳朵上戴着银耳环，脖子上挂一串珍珠项链，穿着色彩艳丽的长裙。说话时吐字清晰，背笔直，走起路来目不斜视。

听说孙勇是个作家，当过记者，欧阳虹对他也很满意，说定周一、周三、周五晚上来给她女儿米娜上写作课，每天给他一百块钱……

有天晚上米娜临时参加一个同学的生日聚会，家里就剩下他们两个。聊天的时候，欧阳虹说起自己的丈夫。他原来在政府部门上班，两个人感情也一直很好，可后来她发现他有了情人，于是坚决与他一刀两断。

孙勇说："你那么年轻，不想再找一个伴了吗？"

欧阳虹说："都五十岁的人了，也不想了。当年我年轻的时候，追求我的男人倒是不少，后来米娜她爸出现了。他年轻英俊，大学毕业，家境条件也好。他每天在我们单位门口接我，给我写信，不知不觉地我动了心。我结婚的时候二十五岁，为了工作，我们结婚七年后才有了米娜……结婚后我们感情一直也很好，他人也一直很老实，我是打心里没想到他会有情人。别人这样说的时候，我还不相信……这个时代在变化，男人有权有钱不愁没有女人送上门来，他也是这样。他不想与我离婚，后悔自己一时糊涂，说要与那女的断绝关系。我坚决要与他离婚，我想，当初我年轻漂亮的时候多少男人追求我，我都不放在心上，心里只有他。我为他洗衣做饭生养孩子，为他牺牲了自己的追求和理想，到头来他却在外面有了相好的……我没有生气，我能理解，男人都花心，可是我不能再接受他，我要过自己的生活，我不想再为他做什么了。"

孙勇在欧阳虹的讲述中融进自己的想象，觉得她对自己有着一种混沌的诱惑力，因此他建议她找一个情人！

欧阳虹笑了，说："我一个人过挺好。"

"你气质很好，以前是做演员的吧？"

"是啊，我以前在剧团里唱戏！"

"还有以前的录像带吗？我想看看！"

欧阳虹走进里屋，拿出以前的录像带，放给孙勇看。

孙勇对她产生了欲望，他想她一定很长时间没有过男人了。

看完，孙勇为欧阳虹鼓掌，他说："看戏可以学习很多东西，戏中人物的服饰色彩鲜明，扮相艺术传神，抑扬顿挫的唱词也能给人美妙的联想，这是一种高品位的艺术享受！我想当演员，像演戏那样生活多好，真实的生活太没有趣了！"

"你想学的话，有空我教你！"

"好啊，现在就教我几句吧！"

欧阳虹手把手，教孙勇拿姿作势，孙勇闻到她身上散发出来的清香味，感受到她成熟的、母性的身体，再度潮起了那种欲望。后来他抱住了欧阳虹，用多情的唇去吻她的面颊，她闪了一下，没闪开。孙勇开始吻她的脖子，从脖子又吻到她的唇上。他的手紧紧抱着她的身体。她一直想躲开他，但她感受到他的欲望、他的温度，同时也发现自己久违了的那种感觉。

欧阳虹说："松开，快、快不要这样！"

孙勇充耳不闻，继续吻她，直到她僵硬的身体软了下来。他又用手开始抚摸她的脖子、头发、耳朵。他在自己欲望的旋涡中无法自拔，终于把她抱到了卧室，脱光她的衣服。她的身体有些粗糙，但线条依然优美——那是一个经历了爱情与岁月的女人身体。

孙勇第一次经历那样的身体，有一种乱伦的快感！

后来欧阳虹看着孙勇穿好衣服，想到女儿可能快回家了，也赶紧穿上衣服，走到客厅中去。

她装作好像没有发生过什么似的问："你饿了吧？"

孙勇觉得有点好笑，他也想早点离开，便说："不饿，我该回去了——米娜也该回来了吧！"

"没关系，再坐一会儿吧！"欧阳虹觉得需要稍稍整理一下情绪，她也许在想，下一步该怎么办呢？她给孙勇倒了杯茶，后来从包里拿出一千块钱递给他！

孙勇推辞了一下。

欧阳虹说："我想，我们没法再见面了——你是个年轻人，偶尔犯错误是可以理解的，但是我没法再面对你了，你把钱拿着！"

孙勇想了想，还是把钱接过来。

欧阳虹又说："你别误会，小孙，和你在一起感觉很好，说真的，很多年没有这样过了，但你是年轻人，我怕你学坏了，我也怕我自己……"

孙勇讲完自己和欧阳虹的事，对李明亮说："你说我恶心，我的确恶心。说真的我特看不起自己，我不是看不起和她发生了那回事，我看不起自己心里为这件事感到难过！从生理的角度来说我们都需要，那是一种真实的需要，我为什么会感到难过呢？阿弥陀佛，我现在真的有出家的想法——但是我知道自己成不了和尚。你不知道，我真是不应该——后来米娜给我打电话，问我为什么不教她写作了，我说我要去外地工作了，让她另请老师。她十八岁了，是个长大了的女孩，胖乎乎的，当然她可能对男人也有性幻想，总之不是我的错，她偷偷与我见了面，晚上我吻了她，在公园里……她不是第一次！后来我们又见了一次面，做了两次，我对她说要去外地工作了，以后不能再见面了。"

李明亮问："她怎么说？"

孙勇说："她没说什么！后来我做了一个噩梦。我梦见欧阳虹发现了我和她女儿的事，用刀在我心口插了一下。我看见我的胸口咕嘟咕嘟冒出血来，血流到地上。她手里拿着刀，看着我的血冒出来吓得目瞪口呆。我笑着对她说：'干得漂亮，不要害怕，请你帮我削只萝卜来堵住伤口吧，顺便再抓把面粉来，帮我止痛……'"

李明亮抽出烟，给了孙勇一支，和他默默抽着。

孙勇说："我之所以给你讲我的经历，是想让你们了解我，了解什么叫人性的复杂——有时候我讨厌自己，但我并不觉得自己坏。有时候我觉得自己堕落，但并不觉得自己错了。也许我错了，但至少现在我不那么认为，身体，我的身体只是一个灵魂的载体，本质上也许它并不属于我，它来到这个世界上代表我，以我的名誉存在，并不受我的控制！"

李明亮说："你的身体所代表的难道是我吗？你的灵魂难道和我

的一个样吗？其实你可以控制自己，只是你想要放纵自己，因为那样会给你带来刺激和快乐，但最终你会发现那种刺激和快乐只会使你背弃你的灵魂，让你痛苦、麻木，失去你自己，迷失在欲望中！"

孙勇说："也许灵魂并不存在，只是我们痛苦的时候，想到来生的时候才幻想它的存在，人存在的本质就是他活着的今生今世，随心所欲，自由自在！"

李明亮说："当你不断地厌弃自己的时候，当你没有钱再也不能在城市中生存的时候，当你每获得一个女人的身体感到满足的同时也会感到空洞的时候，你觉得自己所说的随心所欲、自由自在给你带来了什么呢？"

孙勇想了想说："我觉得你对自我的认识不如我，在这方面我可以成为你的老师——我没给你收学费真是便宜你了，是吧？现在你说说你吧！"

李明亮皱皱眉头，不想理会他，但那个时候他也想对孙勇说说自己。那时候余小青已经和林南离婚了，但李明亮经历过小红那件事之后，受了打击，又想到与余小青没有什么将来，便不再想联系她。

李明亮说，他在聊天室里认识了一个女孩，女孩说自己做过三陪，李明亮不相信，女孩对他说："三陪多好啊，陪吃，陪喝，陪玩，还有钱赚！"

李明亮在网上是相对开放大胆的，他问："陪睡吗？"

女孩也特别，她说："看上了就陪啊！"

"多少钱？"

"不要钱！"

女孩让李明亮发照片，后来决定见他。她很瘦，胳膊腿儿细得像麻秆，个头不高，穿着一双足有十厘米高的红色高跟鞋，披肩发，挎着个小红皮包，披着黄蓝相间的丝质纱巾。

一见面，她向李明亮伸出手说："我是'狐狸精下凡'！"

"狐狸精下凡"是她的网名。李明亮也握了握她的手，感到她的手冰凉。

女孩笑着说："嘿，你是一帅哥，比照片帅，来，抱一个吧！"

李明亮和她拥抱了一下，带她去吃饭。在路上她大大方方把手插到他的臂弯里，侧目看着他，满意地说："你好高！幸亏老娘我穿了高跟鞋！"

面对面坐下来，想到女孩在网上说自己特别能喝，李明亮问："来点酒吗？"

"来吧！"

李明亮要了两瓶很快就喝光了，又要了两瓶，她还是没喝好。李明亮觉得不能再喝了，他说："你看你那么单薄的身子骨，哪像能喝的啊！"

女孩说："我干过三陪啊。身子不能装酒，靠走肾。"

"你干过三陪？骗我吧？"

"不像吗？别人说我不像三陪的时候我特郁闷，凭什么老娘我就不像了？"

李明亮觉得她挺好玩的，虽然他第一次接触那样的女孩，可初次见面的陌生感还是很快消失了。

两个人吃过饭，喝过了酒，又聊了一会儿，女孩要去李明亮住的地方，她说自己喝多了，想要躺一会儿。

李明亮就带着女孩到了出租房。

一进门女孩就说："嘿，你住这样的地方啊？够艰苦朴素的哦，不过这样的地方很像搞地下活动的，干个什么坏事很适合！"

李明亮倒了杯水给女孩，有点开玩笑的意思，他说："我现在想写小说，需要写作的素材，你说说你的故事吧！"

女孩想了想，说："好，等你写了小说得第一个给我看哦——我给你讲讲我的第一次吧……那一年，我十三岁，花朵一般。我们街道上有个男人，年轻的时候应该挺帅的，他经常用奇怪的眼光看我。那老头儿有六十多岁吧，头发都白了一半。有一天他骗我到他家里去玩……现在我还清楚记得他身体里散发出的霉味儿，现在我还会怀念那种味道，嘿，变态吧！他现在仍然活着，有一次回家，我看到他，在他的面前停下来，看他还认不认得我。我挺想对他说：'老杂毛，你还行吗？'想不到吧，我的第一次！特真实，明白吧，我喜欢这种真实——当然喽，你不要全信，这完全有可能是我虚构的，你不是写小说吗？你该理解什么叫虚构了！"

李明亮将信将疑地点点头。女孩把手伸给他说："你摸摸我的手。"

李明亮摸了摸说："有点儿凉啊！"

"我一直在寻找一种温度！"

欢乐颂

"哦……"

"我还报了京剧班。"

"为什么？"

"女孩要有点才艺才能吸引男人啊，我给你唱一段吧大哥，开始了啊，准备好鼓掌——就《贵妃醉酒》吧！

　　——海岛冰轮初转腾，见玉兔，玉兔又早东升。那冰轮离海岛，乾坤分外明。皓月当空，恰便似嫦娥离月宫。奴似嫦娥离月宫，好一似嫦娥下九重，清清冷落在广寒宫，啊，在广寒宫。玉石桥斜倚把栏杆靠，鸳鸯来戏水，金色鲤鱼在水面朝，啊，在水面朝。长空雁，雁儿飞，哎呀雁儿呀，雁儿并飞腾，闻奴的声音落花荫。这景色撩人欲醉，不觉来到百花亭……

李明亮听着女孩唱完，不知为什么，竟然感动得流下了泪水。

女孩看着他笑了："嘿，你给我的感觉就像一位老实本分的邻居老大哥，见了漂亮女孩就该泡啦！是不是我不够漂亮啊？我出门时特别打扮了一番，还化了妆呢！"

李明亮在那女孩面前才发现，虽说自己心里什么都有，但还是太老实了。

女孩说："想要我吗？"

李明亮吃了一惊，问："要什么？"

女孩笑着说："我呀！"

李明亮被女孩弄得有点不好意思，为了表示愿意接受她，他把她的手握在自己的手中，又展开，望着。女孩的小手冰凉，像是在冰水里泡过，纤细的手指，指甲染成了蓝灰色。

李明亮想对她多一点了解，便说："说说你以前的男朋友吧！"

女孩说："嘿，怎么的你对我男朋友感兴趣？不过说给你听也没关系啦，你就当是我在虚构，虚构真的很有意思哦——从前，我爱过一个男人，他比我大八岁，挺帅的。他结过婚，后来又离了，有个孩子，给女方带着。那时我还在大学，他到我们学校不知做什么，总之是喝高了，醉倒在地上。我理会了他，他纠缠上了我，后来我们两个人住在了一起。他会通过各种方式去认识女孩子，与她们在一起，有时还会把女孩子带回家里来，让我给他们腾地方。他打我，折磨我，让我离开他，他想要自由。但那时我爱上了他，他是我第一个爱上的男人。这是我的命，我命中犯妖，只有像魔一样的男人才能吸引着我，他就是我的魔……"

李明亮沉吟了一会问："你认为我是什么呢？"

女孩笑了，说："你啊，是仙吧，仙也能吸引我，让我坏一点。如果勾引成功，我的功力便会增加！我呢，你看我像不像妖？我的锁骨很突出，我妈说我是狐狸精变成的，本来被王母娘娘用细钢丝穿了锁骨，关在冷房子里，判了我无期徒刑，但是我磨断钢丝，逃到人间！"

李明亮忍不住笑出了声，他觉得女孩特别有意思。

女孩接着说："后来我没办法，只好离开了他。我去一家夜总会当三陪。那时候我想了解一下做小姐的生活，我觉得她们特别神秘。后来我玩累了，想做点正事……你吧，实话说挺没劲，挺没意思的，不过我比较强大，擅长化腐朽为神奇，因此我会觉得这也是一种劲儿，一种意思……"

李明亮觉得，既然她认为他是仙，那么他就装成仙的样子吧。

女孩用眼神望着他，期待着他。李明亮拥抱了她，亲吻她，开始脱她的衣服。衣服一件件减少，后来一丝不挂。李明亮看着她瘦瘦的、赤裸的身体，强烈地感受到自己的欲望，而那种欲望里还有着对她的莫名的怜爱。他觉得女孩太特别了，特别得令他感到亲近。他也脱掉了衣服，女孩用很专注的眼神看着他的裸体，过了一会儿，笑了，她说："我们现在是不是要干坏事儿了？"

李明亮有点尴尬地说："哪有你这么说的！"

"这是严肃的时刻，哥……"女孩说着，克制着笑，望着李明亮，然后用尖尖的手指触摸他的身体。

李明亮的身体有点发烫，与女孩冰凉的小手形成了鲜明对比，让他记忆深刻。那时的李明亮明显感觉到女孩有种妖气，他想到《聊斋志异》里的狐狸精。他情不自禁地用手抚摸着她薄薄的皮肤，皮肤下凸起的骨头。后来他用身体贴紧她，把温度传递给她。她瘦得像根柴草，他用身体把她拥在身下，空无得有种失真的感受。后来他们的嘴唇碰在一起，舌头像两束小火苗，相互纠缠个不休，渐渐把彼此的身体彻底点燃。

李明亮感受到被需要的，奉献着全部自己存在的那种欢乐。他投入地吻她，希望她完全向自己展开，容纳他，承受他，融化他，让他成为她的一部分。之后他又望着她的脸，看着她潮红的脸，那是美的表情。女孩是美的，那种美的呈现让李明亮心中涌现出一股暖流，让他有些想哭。他觉得那真正是严肃的时刻，纯洁的爱恋，与存在和灵魂的真实有关——当他把属于欲望，也属于爱的液体注入她的时候，她紧紧抓住他的臂膀，尖尖的蓝灰色指甲刺进他的肉体。

两个人终于沉静下来，回到现实。

女孩对躺在一侧的李明亮说："哥，我偷走了你身上的雨露！"

李明亮疲惫地笑了笑说："也许我会爱上你，我知道这不是你想要的……"

女孩说："你怎么知道这是我不想要的？只是我要不起罢了。有些东西无法永久，你相信这是一场梦就好了，这是一场梦……谢谢你，我从你的身上找到一种温度，你让我处于一种魔与仙之间的感觉。"

"谢谢——你！我也需要这么对你说吗？"

"谢吧——我也需要，有时我愿意为我喜欢的男人奉献自己！"

后来女孩约了李明亮去香山，那天女孩穿着一条展开便像蝴蝶样的薄纱衫，有着长长的下摆，搭在小小的屁股上像尾巴。外面则套了黑色羽绒服，给人一轻一重的感觉，不搭调，有点搞笑的意味。下身穿着一条青色牛仔裤，牛仔裤的一条裤腿上绣着一朵花。鞋是深蓝色的，尖尖的，走动时像是在刺着灰尘和低处的空气。

一路上女孩望着李明亮笑，天真明媚的样子像个少女。进入山里，李明亮拉着她的手，在没有人的地方拥抱她，吻她。后来他们找到一片草场，在上面躺着，看天，看天上的太阳偏向一边，蓝蓝的天空中，有些白色的云。

李明亮真的是动心了，他说："你做我的女朋友吧！"

女孩笑着说："好啊，好啊，只要你敢要我！"

"好，咱们说定了，不准再改变啊！"

女孩点点头，过了一会又说："我就是个女流氓，我从小生活在一个流氓世家。我妈做过妓女，我爸爸是个赌徒。我呢，抽烟喝酒，凡是不良习气都沾染了，我不适合你……现在，我们躺在草地上晒太阳多好！我感觉好像是第一次躺在草地上晒太阳哦！松开四肢的感觉真好！我的身体里有一条蛇，你信吗？"

"真的吗，你？"

"嘿，我曾经养过一条小蛇，后来它死了，我伤心了好久——如果和你永远这么躺下去，多好！我们变成了草就可以永远躺在这儿了！"

"好啊，怎么才能变成草呢？"

那时的李明亮觉得自己变得特别简单，特别纯粹，那个女孩带给他一种从未有过的感觉，她敞开了他，不再让他觉得是在用贪欲占有，而是公平地相互交往，相互给予。

女孩侧身看着李明亮笑，李明亮被看得有点不好意思，后来他站了起来。女孩也从草地上站起来，悄悄绕到他的身后，然后突然把他抱离了地面，笑着说："嘿，你看我把你抱起来了，我想我抱不起来你呢，结果我把你抱起来了！"

女孩把李明亮放下，李明亮把她抱在怀里，抱紧了，原地转了几圈，然后在她耳边说："你知道吗……真的，我说的是真的，你让我想要爱你！"

女孩笑着从他的怀里挣脱出来说："我是妖，是狐精蛇妖，没有办法爱你，不然你会被我给害死了！"

黄昏时分，他们从香山回来，女孩没有跟李明亮回去，李明亮也没有留她。大约过了一周时间，女孩在网上给他留言说，她的房东和老婆离婚了，提出来要娶她，这事让她郁闷。

李明亮说："你们很熟悉吗？"

"是租客与房东的关系！"

"你喜欢他吗？"

"我觉得和他结婚也挺好的！有免费房子住嘛！"

"你爱他？"

"因为不爱才没有负担，爱一个人太累了！"

"要不你搬到我这儿来吧……"

"不好，你是仙，我呢是一条蛇。我喜欢暴力，喜欢被虐待，喜欢一切歪门邪道，反感正儿八经，山盟海誓，唯恐天下不乱……什么爱情，我久经沙场，晓得那是不可靠的……"

最后一次，女孩所说的房东出差了，女孩让李明亮到她那儿。两个人在一起时，女孩让李明亮打她。李明亮打了她，她很满足的样子，李明亮觉得自己也竟然有了别样的快感。

欢 乐 颂

第二天回去时，女孩把李明亮送到地铁站，李明亮回转身给她招招手，走了。有一瞬间，他感到自己像是在走向另一个世界，在去向一个很远的地方。

李明亮给孙勇讲完他和"狐狸精下凡"的故事，孙勇吃惊地看着他说："哇，没想到你还能碰到那样的女孩，你他妈的也太幸运了，你能不能给我她的联系方式？我也想要见一见。"

李明亮没理他。

孙勇说："自私了吧，说不定那女孩也想见我呢！操，我以前以为你挺纯洁的，没想到你也变了。这是好事，其实吧，我觉得我们就应该像生活在小说中那样。小说中的人物活得比我们现实中的人真实。现实中我们太他妈虚伪了！人的身体与灵魂像个谜，从生到死我们都不一定能弄明白。在人世间我们都难免是孤单的，因为谁也不愿意理解别人，也无法真正理解别人——因为我们都活在对自我的认识中，阿弥陀佛，面对这个俗世，你们这些俗人，我真想出家了！"

李明亮说："你也该收收心，认认真真地去做一份工作吧！"

孙勇说："我想做一个魔，那个女孩所说的魔，她以前男朋友不就是个魔吗？这些年来这一直是我的努力目标——如果一个人不能成为上帝，成为圣人，那么为什么不能成为上帝的对手，圣人的眼中钉、肉中刺呢？"

李明亮说："人不是动物，也不是神仙。你强调了动物性的时候，你难道不觉得自己背离了做人的原则，站在了那些讲究伦理道德、文明修养的人的对立面了吗？当你想要成为魔的时候，你不是对天地自然人类失去了一种敬畏心，让自己变得下流无耻自私无知了吗？不要以为你所谓的那种真实就是真实——在人的世界里，真实应该是建立在一种不以损害别人、破坏伦理道德秩序和人们共同遵守的社会文明基础上的，只有那种真实才是人活着的真实，不是动物的，也不是神仙的真实。"

孙勇笑着说："我承认你说得有道理，但你真正做到了吗？你不是也跟几个女人睡过了吗？每个在社会中的人，都不是完美的，再说不管你有什么样的认识，有什么样的人生，多么成功，人归根结底是会死的，在死亡面前，人人平等。当你想到这一点，你不觉得自己混在芸芸众生中，庸庸碌碌地活着特别没劲吗？"

李明亮拿自己对照孙勇，有时觉得，自己的确是活得有些没劲儿，但要他像孙勇那样去不断地追求女人，不顾一切地放纵欲望他也做不到！

第八章　创　业

　　李明亮没想到自己竟然与孙勇成了合伙人。

　　孙勇竟然一下子变成了有钱人。那一年他的父亲突然过世，半个月后回到北京，孙勇的卡上做梦一般就有了两百多万。

　　孙勇有了钱，特意请李明亮到五星级的饭店里吃了一顿饭。

　　孙勇眉飞色舞地掏出四千块钱说："我没骗你吧——我的家里是非常有钱的，不管怎么说，我也是个标准的'富二代'。我记得欠你三千六百块是吧？现在我连本带利还给你！没有钱的日子真他妈艰难啊，逼得我差点没去抢劫！今后我也不打算去工作了，我打算花一百万先买套大房子，然后安安静静地写作！"

　　李明亮接过钱，从中抽出四张来说："你借多少还多少就行了！"

　　孙勇不高兴了，他说："你看不起我是不是？赶紧收起来！咱不是有钱了吗？"

　　李明亮只好把钱收回去。

　　孙勇说："这年头你没机会从政的话就得有钱，没钱没势，男人的腰杆子硬不起来啊。你想不想做生意？要不我们自己先办本杂志吧，找家办不下去的刊号，用书号也行，咱们办一本最牛逼的，比《收获》和《十月》还要纯文学的杂志。我可以拿出一百万来——我不能把钱存银行啊，利息太他妈低了——你好好想想，看行不行！行的话咱们合伙干！说真的，除了你喜欢周小凤那件事我不大赞成，高中时我最佩服的人就是你，那时你多有理想，多有追求啊！咱们从高中毕业都快十年了，不能总是一事无成啊，你说呢？"

李明亮被孙勇这么一煽乎，也有些动了心。他觉得自己大学毕业以后，一直在为别人打工，赚的钱不多，还得看人的脸色，做得也不是那么开心。于是他说："做生意有风险，再说办纯文学杂志也没有什么钱赚啊，现在还有几个人看文学杂志啊！可以考虑做些别的，是啊，我们也该好好反思一下自己了，不能一直那么没出息！"

孙勇说："要不我们成立个图书出版公司吧，从出版社拿一些书号出来，出版一些畅销小说吧！我看这个可以！"

李明亮也一直想做图书，因此有些兴趣，便说："我们可以先与别的图书公司合作，发现好的书可以试着出几本，摸摸市场的情况！"

孙勇一拍桌子说："那就这么办，我们找个有分量的出版社要书号，先把我写的那本《欲望》出了。我那本书一直没有出版社愿意出。有一家出版社让我包销三千册，三千册五六万块钱，这不是他妈的坑人吗？我对自己的这部书还是非常有信心的，肯定能赚钱——明天你别上班了，我们一起干。我做老板，你做主编，算智力入股，你全力以赴，每个月只有两千块钱的生活费，我给你百分之三十的股份……你看我一脸富相，不管谁跟着我干都会发达的，何况你还是与

欢乐颂

我合伙——这样吧，房子我先不考虑买了，但是我会租个三室的单元房，你搬进来，我们就把那儿当成办公室，再招个漂亮的文员，跑跑公司注册的事，就做图书出版这件事，你看怎么样？"

李明亮虽说一直并不太喜欢孙勇，觉得他的一些想法还是有些不靠谱，但那时他也想着自己有机会做点事，便同意了。

李明亮辞职后和孙勇在通州区一个小区租了一套三居室的房子，搬了进去。

孙勇花了钱找人弄了张驾照，花了十五万买了辆二手的奥迪汽车，请人陪着练了三天，便开始试着上路了——他正式去的第一个地方便是电影学院。

孙勇去找曾让他心动，一直让他念念不忘的演员小江，想要和她重新建立联系。他觉得小江虽说已经成为演员，但远远还没有到大红大紫的地步，如果她愿意，他将会陪伴着她一起成长和发展。随着他事业的蒸蒸日上，说不定将来自己会成为制片人，投资影视，成为影视界的大亨。

孙勇给小江打了电话，电话还是原来的号码，但小江已经忘记他了。

孙勇说："真是贵人多忘事啊，我们曾经见过面的，我看过你演的电视剧，认定你会非常有前途……一个钟头后，咱们在你学校大门口见，我开着一辆黑色的奥迪，拿着一大束鲜花在车旁等你……"

出门前，孙勇对李明亮说："你要拿出红军长征的那种革命精神，好好干，放手干，我们的前途将会是一片光明的。只要我们齐心协力，充分运用我们的智慧，运用各方资源，在不久的将来，我们就可以成为出版界的大亨。等我们有钱了就进军影视圈，让朔爷、刘震云为我们写剧本，让张艺谋、冯小刚为我们拍电影。到时再在北京盖一栋以我的名字命名的孙勇大厦。我走了，你好好想一下怎么出版包装我的《欲望》，回来我要看到你详细的策划方案！"

孙勇在楼下花店买了一大束玫瑰花，开车去了电影学院。

在电影学院门口，见着了他心仪已久的小江。

小江毕业后一直在电影学院附近租房子住。

孙勇微笑着把花送到小江手里说："你好美女，对我还有印象吗？"

小江睁着水汪汪的大眼睛，笑着说："我想起来了，导演，后来你们那部反映北漂的电影拍成了吗？"

孙勇笑着说："你还是那么漂亮迷人——你也了解，拍一部好点的电影涉及大量的资金，虽然我们的想法是好的，但还是太年轻了。不过将来肯定会拍的，我一直记着你呢，我相信你将来肯定会大红大紫。我的理想是成为像张艺谋、冯小刚那样的大导演，当然那太有难度了，我还得一步步来。现在我是一家出版公司的董事长——我们需要一个公司形象代言人，这不我就想到了你，与你联系了。"

"您贵姓？您瞧，我这记性，不好意思啊！"

"免贵姓孙，孙悟空的孙，勇气的勇——别站着说了，上车吧！我们一起去吹吹风，找个地方坐下来好好聊聊。"

小江上了孙勇的车，不好意思地说："后来从你们那里离开就没有了下文，我还真以为你是个骗子呢！"

"你长得这么漂亮，我忍心骗你吗？"孙勇向后退了一步，看着小江说，"行啊你，都上了电视剧了！"

小江笑笑说："只是在里面露了个面，台词都没两句，没什么好说的！"

"周星驰还跑过龙套呢——怎么样，还没谈男朋友吧？我知道你们演员事业心都很强，估计没工夫吧！"

"是啊，有没有认识的'高富帅'介绍认识一下？"小江笑着说，"最近有个导演让我出演一部电影的女二号，需要十万块。你知道干我们这一行的除了有演技，还得有一定的经济实力——你想，多少人想上镜啊，同等条件下没钱怎么能行？"

"理解，我完全理解，导演想拍电影没钱也开不了机！"孙勇又看了小江一眼，想到自己卡上有钱啊，拿出十万算什么，只要小江愿意做他女朋友。沉默了一会他说："改天让我见下导演，如果有适合的男二号也给我介绍一下，我拿个十万二十万的不成问题，只要能和你在一起演戏！"

"太好了！"小江兴奋地说，"我真想亲你一下！"

孙勇也笑了，他说："那你就别客气，亲吧！"

小江还真没客气，扑上去就在孙勇的脸上亲了一下。

孙勇把车开到一个公园门口，停下来说："我们下车走走吧！"

小江下车后，孙勇看着小江穿着的牛仔裤，把屁股包得圆鼓鼓的，想着她漂亮的脸蛋，心里热烘烘的，过去在简陋的出租房里拥抱着她时的那种纯粹的情感再度上升。虽说他已经经历过各种各样的女孩子，但那些女孩在完美的小江面前几乎都不值一提。以前他因为感觉到自己没有条件和她谈恋爱而自卑难过，现在不一样了，他有条件了。

孙勇问小江："你觉得我怎么样？"

"什么怎么样？"

"形象，气质……"

"不错吧！"

"我对你的回答稍稍有点意见，你不觉得我是那种能干一番事业的男人吗？"孙勇笑着说，"除非你不想谈男朋友，如果你想的话，我觉得你该认真考虑一下我，我相信我对你将来要走的演艺之路是会有帮助的——我心甘情愿做你的垫脚石，感动吧！"

小江觉得孙勇挺幽默的，便笑着说："感动，太感动啦，你又高又帅，事业有成，给我一种不俗的感觉，我会好好考虑！"

"我有个建议，你可以用自己的手挽住我的手！"孙勇看着自己插在裤兜里的左手，手臂张开一条缝说，"那样会让我感觉到这个公园里的景色更加美丽！"

小江笑着，把手插进他的手臂说："是这样吗？"

"聪明！"孙勇说，"我喜欢聪明的女孩子，我觉得像你这样聪明漂亮的女孩子不给我做女朋友可惜了。"

"是吗？"

"必须的，你知道我们第一次见面时我为什么住在那样的地方吗？实话告诉你，那时候我为了理想迈的步子大了点，失败了，吃饭都成了问题——我不想骗你，虽然我对你可以说是一见钟情，但我还是忍痛割爱，不再与你联系了，你知道一见钟情的感觉吗？"

"不知道，原来是这样啊！"

"是的，你不是学表演的吗？我给你演一下一见钟情你看像不像！"孙勇站到小江的对面，调整了一下情绪，看着她，像是被谁用棒子打了一下脑袋，做出一种痴呆了的表情，然后笑着说，"就是这种，傻了，全身变得没有力气，不知道下一步该怎么办。所以我骗了你，骗你到了我住的地方——但到了那样的地方我才深刻体会到什么叫痛苦，像你这样像仙子一样的女孩子，怎么可以去那样的地方？那简直是对你的侮辱，对吧！"

小江有些吃惊，但很快笑了，她大约明白，现在的孙勇确实是有些钱了。

孙勇和小江坐在公园的一角，两个人聊得相当愉快。孙勇不想发展得太快，但当天晚上两个人还是忍不住亲吻了，彼此感觉不错。

送小江回去后，孙勇开车回来，一进门就对李明亮说："我操，我操，我真对自己刮目相看，我太佩服自己了——李明亮你知道吧，就是那个学表演的小江，大眼睛，当时染头发的那个，我和她正式开始谈恋爱了——我亲了她，摸了她，那种感觉，哈哈，你这种俗人一辈子也体会不到，真太他妈美了。有钱就是不一样啊，有钱男人就有自信，有底气！怎么样，策划案写好了吗？我要尽快把我这本书出出来，我要尽快看到这本书在全国书店上架，这将是我们这个时代的《金瓶梅》。等我出名了不许你羡慕嫉妒恨啊，有本事你也去写一本这样的书，到时咱们公司出，版税可以提高点儿！"

李明亮把策划案打印出来，拿给孙勇。

孙勇看了一会儿说："没搞错吧，为什么涉及性描写的地方建议删改？这就是这本书让人血脉偾张的亮点啊！"

李明亮认真地说："不删任何一家都不敢给你书号，除非他们不想把出版社办下去了！"

孙勇想了想说："看来我只能向贾平凹的《废都》学习，框框框此处删去一百五十三个字，框框框此处删去三百二十一个字。我靠，那还有什么看头？什么？首印六千册？你了解中国有多少人口多少读者吗？哥哥，十三亿啊！十个人中有一个读书也有一个多亿，一万个人当中有一个买这本书，一百多万！咱们印六千册，全卖光能赚多少钱？"

李明亮哭笑不得地问："你觉得印多少册合适？"

"我克制点，六万吧！"

"一本书的印费七块钱，六万册光印费也得四十多万，这还不算你的稿费！"

"有那么多吗？印三万吧，不能再少了，加上书号办公费编辑费，总共算到二十五万。给书定价三十六，按五五折批发出去，共五十四万，减去成本我们大约能赚二十多万——我请你相信我的直觉，保证能赚钱！"

欢乐颂

李明亮认真地说："我们是在创业，不是烧钱，虽说这是你的钱，但照你这样下去很快就会烧完。我现在很认真地告诉你，我希望公司经营的事由我说了算，你只能有建议权，现在你的建议在我这儿不现实——我们给你印六千册，如果真的能畅销，市场会跟我们要货，到时再加印也不迟。如果你一下子印三万，光成本就得二十多万，你觉得合适吗？"

孙勇想了想说："成，出书的事我就全权交给你处理。你去招个文员，以后打扫卫生，跑腿的任务就交给她，一定得找个身材好的，脸蛋漂亮的，看着养眼，至少不给咱们公司丢人啊！"

李明亮笑着说："你得准备把那一百万拿出来放到公司的账上，我辞了职来做这个公司可不是闹着玩的，你别把钱都败完了，公司就揭不开锅了！"

孙勇不耐烦地说："这个没问题，等文员到位，钱就到位，行了吧！"

两个月后，李明亮联系到一家可以长期合作的出版社，拿下书号，把孙勇的书出版了，首印六千册。书直接从印厂拉到图书批发市场，由书商发送出去！

李明亮拿着打印的调查问卷，到图书批发市场、书店，调查哪些图书好卖，哪些图书热销，读者想读什么样的书，同时也了解了图书销售和返款方式等一系列情况，回来后和孙勇研究怎么组稿，怎么策划包装，怎么与市场进行更好的对接。

李明亮发现，做纯文学的书根本没法去做。能做的几个畅销书作家，他们的稿件早就被人预定了，他们根本没有那个实力与人家竞争。半年下来，他通过网站，重点选取和策划了四本书，与作者签了版权协议。一本是以无厘头的话语方式写成的穿越言情小说；一本是以戏说的形式根据历史人物虚构的小说；一本是请人写的以图为主的名人自传；一本是教人如何养生的实用书。从市场反馈回来的消息看，孙勇的那部小说因为有情色炒作点，总体卖得还不错。半年后有些书商给结了书款，还要求再进一些，于是他又加印了六千册，以四折现款发出去。

孙勇拿到了版税，请李明亮和新招来的文员小菊吃饭。小菊二十出头，白净，文静，脸上带着淡淡的微笑。

在饭桌上孙勇举起杯说："怎么说呢，现在公司应该算是走上正轨了，而且第一本书做的就是我自己的，初战告捷。虽然卖得不如预期的那么好，但毕竟是赚到钱了，是吧！来，我们举起杯，祝贺我们取得的这个成绩——小菊你怎么不喝酒？李明亮你给她倒满，怎么能不喝呢？来，大家痛快地，干了！"

大家喝过酒，孙勇兴奋地说："再告诉你们一个好消息，我参演了一部将来会红遍全国的电影。到时电影在全国院线上映时我免费给你们发张票，让你们看看在屏幕上的我是何等英俊潇洒——当然我的戏份不多，不过我毕竟是迈出了第一步。到时你们会看到我的女朋友，电影学院的，你们等着瞧吧，她会比巩俐和章子怡还要有名！我希望我们公司发展得快一点，有压力啊——想一想我们将来一下子拿出几千万自己拍一部电影，差距还很大！"

半年前，孙勇在小江的介绍下见着了导演，对方也的确是在准备拍一部数字电影。导演说也有适合他演的角色，意思是希望他加上小江一起出二十万。孙勇说没问题，开机的时候会把钱打到导演的账上。导演把剧本拿给他和小江，让他们先熟悉一下。一个月后，导演说一切准备就绪，准备开机了，要孙勇把钱打到他账上。那时候孙勇已经和小江正式建立了甜蜜的恋爱关系。小江认为没问题，孙勇就把二十万打过去了。电影拍了一半，资金不够了，差二十多万。孙勇觉得花四十万上个电影有点多了，但是导演说，将来电影拍成赚了钱算他入股，到时给他分红，孙勇又投了二十万。电影断断续续地拍了三四个月，总算拍完了。剪辑和上线还需一些时间，因此孙勇和小江一直在等着。半年时间，拍电影花了四十万，两个人交往差不多也花去十万，除掉买车花的钱，这样孙勇的卡上余下不足三十万块了。

孙勇打心里喜欢小江，希望能和她结婚，因此他花了一万多为小江买了一枚钻戒，向她求婚。

小江吻了一下孙勇，说："亲爱的，我人都给你了，你急什么啊？早晚还不都是你的？你见哪个有前途的演员那么早就结婚的？你现在要考虑怎么样好好去赚钱，去发展自己的事业，只有你事业做大了，有钱了我们将来才会有出名的机会，我们不都是这么想的吗？"

孙勇想了想觉得小江说得有道理，因此他说："这枚钻戒小了点，等我钱多了，给你买个大的——但是，还是先送给你，谁让你是我的心肝宝贝啊。说真的，和你在一起我感到自己的人生有了特别的意义。我希望你将来能够成名，像章子怡那样，即使你到时候把我甩了我也觉得开心，都会以你为荣！"

小江被孙勇逗得总是笑，两个人在一起也相当开心。

到了说好的时间，电影仍然没能上院线，孙勇问小江怎么回事。

小江说："一个投资只有一两百万的电影，怎么可能上院线呢？能在电视台电影频道播就不错了。"

孙勇生气地说："我操，你早知道不能上院线，为什么还要去拍呢？"

小江说："你想，能上电视也不错啊，全国老百姓也都能看到啊，出名哪有那么容易的？"

"四十万啊，可以首付一套房子了，你觉得值吗？"

小江生气地说："这就让我有点看不上你了，四十万很多吗？你是那种小气的男人吗？我该不会是看错了你吧？"

"我当然不是，但是下次再遇到这样的机会，咱们别那么傻了！"

"我听你的还不成吗——像咱们导演还算是好的，他是个真正热爱电影艺术的，不是那种骗子。他为了成立自己的电影公司，拍电影，房子都卖掉了，老婆都跟他离了婚，真挺不容易的——我喜欢那种有追求的男人，我希望你也是那样的男人，好吗？"

孙勇点点头，看着小江说："我听说有些女演员为了上角色，会跟导演上床——你不会这样吧？"

"你把我看成什么人了？我不理你了！"小江说着转身就走。

孙勇赶紧追上去说："其实吧，上床有什么呢？你别误会，男人哪个不好色呢？导演也是人吧！我跟你说真的，如果你遇到真正的导演，真有适合你的角色，我也不反对你那样做，只是要戴上套，千万别出什么事。有些不正经的导演不知道和多少女人上过床呢，谁知道他们有没有病？我这么说够真心的了吧，我真正理解那些为艺术献身的女演员，虽然我不主张你这样，但是为了你能够实现理想，我觉得牺牲一下也没关系！"

"这是试探我呢？对不起，我们分手吧！"

"别，我说的是真心话，你觉得我说错了，就当我没说，好吧！"

"真的是真心话？"

"骗你天打五雷轰行了吧。我是真心爱你，才从你的角度出发，为你着想。除非你不想出名了，那么好，你现在就嫁给我，我们过正常人的日子，肯定不会差！"

小江那时却想要和孙勇分手了，结果两个人不欢而散。

孙勇和小江约会回来时已是晚上十二点多了——李明亮还在伏案工作。孙勇拉着几瓶酒进门说："我就喜欢你这种工作的态度，这么晚了还在加班！休息一下吧，咱们好好聊聊！"

李明亮说："好，聊吧！"

孙勇说："你告诉我，今年能做几本书？"

"大概四本吧，想多做也没那么多本啊！"

"你是说，今年成本也收不回来？"

"肯定收不回来，回钱不会那么快。不过我们可以考虑在多让些利的情况下让人包销，而不是卖了再算账的那种！"

"让点利，多考虑那种方式，短平快，对吧！你根据现在公司的情况，设想一下我们公司什么时候可以赚钱，可以有钱，可以有很多钱，告诉我得需要多长时间！"

李明亮想了想说："如果一切都按照想象的话，我们明年这个时候估计有一两百万，后年四五百万，三年后可能会上千万！当然在将来我们肯定还得扩大规模，增加编辑人数，有自己的设计师、宣传推广人、优秀的策划人才，自己的发行团队，自己的财务室，到时候肯定这个地方都不够用了，还得租个大点的地方。"

"好，大胆放手去做，要像追求女人一样去追求事业，像苍蝇嗜血一样去追求利润。图书这一行，靠的是思路，思路对了一本书有可能给我们赚个上千万。拿好稿子需要攻关的话，我们可以再招几个美女编辑，招几个帅哥编辑，不管男的女的，只要他写得好，有市场，我们都统统拿下！"

"招来人也需要钱的，现在没那么多钱招人了，只能等一下再说！"

"现在我们就是游击队的那种形式，打一枪换个地方，零敲碎打，还不能大规模作战，这个我理解——但是我给你们提供个思路，我们为什么不能像海盗那样呢？看准了弄到一艘装着金银财宝的船，我们不就发了？那种发行量只能有一两万册的书，瞧都别去瞧一眼，浪费精力！那种发行量四五万的，将来我们钱多了再考虑，我们就不能编辑出版那种发行量二十万、三十万甚至上百万的图书吗？"

李明亮笑着说："你说得有道理，但那也只能是种美好的想象。

做图书这种事，有时候也得靠运气，有时候你也摸不清哪种书好卖！我们会努力，请孙总放心！"

听到"孙总"两个字，孙勇对李明亮很满意，他摇摇手中的酒瓶子说："喝，我们聊聊感情吧，别老谈工作了。"

李明亮说："你和小江发展得怎么样了？"

孙勇说："你没有想到吧，我这么一个花心的男人竟然也会对一个女孩子动真格儿的。可以说，我以前从来没有给别的女人花过钱，当然，以前也没多少钱——今天我给她买了枚钻戒，向她求婚了！"

"她同意了？"

"她说还是要以事业为重，现在还没考虑——她也没想想，我放弃外面多少秀色可餐的女孩子跟她求婚，她还说以事业为重。"

李明亮说："你们想的不一样，她想的是你的钱，等你的钱没有了，说不定就把你一脚踢了。"

孙勇说："我这样有才华，有事业的男人她打着灯笼也难找啊，不会的，你放心。"

孙勇没有想到，他送给小江的那本书倒成了他们分手的导火索。小江是看完孙勇的那本书后，提出让他买车的。她相信孙勇是那本书中的主人公，追求欲望的满足，不断地和不同的女孩子上床。她觉得自己说不定就是他下一本书中描写的对象，因此她想在他那里获得更多的经济利益，来弥补他给自己带来的情感伤害，让他这个爱情骗子付出代价。

小江否定了孙勇对自己的爱，觉得他只不过是看上了自己的美貌，迷恋自己的身体，喜欢自己是个演员的身份，在将来有可能大红大紫，让他引以为荣。

小江对孙勇说："书我看完了——这不会是你真实的经历吧？这也太可怕了！"

孙勇笑着说："我知道你就会这么想，你怎么说也是个艺术家了吧，难道不知道小说是虚构的艺术？"

"我看后觉得那个主人公就是你自己！"

孙勇装作生气的样子，说："没文化真可怕，这有可能吗？是，我不否认我这么英俊潇洒，会有一些女人对我有想法，但是我是那种没品位的人吗？我会随便在路边见朵小花儿就去采吗？你把我看成牛了吗？显然你错了。你不仅错了，还低估了自己的智商，侮辱了我的人格！像你这么优秀漂亮的女孩子怎么可以想象自己高大帅气的男朋友是只花心大萝卜，是个采花大盗？"

"你不会像书里说的真的让人家女孩子怀过孕吧？"

"怎么可能？我就大学时谈过一个女朋友，仅仅是拉拉手的关系，连嘴都没有亲过，我把我的第一次都给了你——你当然可以不相信，但是我可以对天发誓。我一直在寻找我梦中的女孩，直到你出现我才怦然心动，如果我真的像书中说的那样，当初我把你带到我的房子里本来有机会和你上床，我为什么没有上？我书中所写的那些，都受《金瓶梅》的影响，我想象了一个与我完全相反的男人，我虚构他是想警示自己，和广大读者，不要像那样的男人一样，那样太堕落，太没意义了！"

"好吧，我相信你！"小江虚情假意地拉住孙勇的手说，"我驾照都拿了一年多了，真想有一辆自己的车。你不知道，我一个女孩子走在路上，真的不安全！"

"面包会有的，车子也会有的，一切都会有的！"孙勇说，"现在公司在发展，正是需要钱的时候，等我有钱了就给你买好吗？"

"不能现在就买吗？你不是有钱的吗？"

"你知道的，我们为了拍电影花了四十多万——到现在电影还没有播出，你没有问一问究竟是怎么回事？"

"不是跟你说过了吗？在等！本来我不想告诉你，真的，最近有一个开奔驰的男人，是做房地产的，在死命地追求我……"

"他长得比我帅吗？"

"当然没有你帅，不过他真的很有钱，出手也很阔绰，他说只要我愿意做他情人，他可以在北京给我买一套房子……"

"你是怎么想的？"

"我当然没有同意，有钱有什么了不起？有钱人一大把，我还是相信爱情的，我怎么可能给别人当情人？"

"不过要是我，我就会同意！"

"你就坏吧，试探我？那我真的答应他好了！"

孙勇心里有些郁闷，他要去小江住的地方，但小江说她一位同学要过来，她也有点累了，想回去休息一下——她希望他认真考虑一下，因为她真的很想有一辆自己的车。

那天晚上回来，孙勇觉得小江看完自己的那本书就变了，变得对他不真诚了。他回顾了自己和小江交往的过程，甚至觉得小江就是个有意无意的感情骗子——她当然也享受了和他在一起的感觉，但她并没有相信过他，也没有真心爱过他。想到为她花了那么多钱，孙勇觉得自己有些傻，但他又觉得自己的确是爱着小江的，是心甘情愿为她付出的。怎么改变这种情况呢？如果他特别有钱，他也愿意满足小江一切的要求，那样小江也许真的会死心塌地地喜欢他，爱他，愿意嫁给他。但是他得拥有多少钱才能让小江对自己死心塌地呢？他想到小江所说的那个开奔驰的地产商，觉得他和小江最终可能会错过。

过了两天，孙勇忍不住又给小江打了个电话，约她见面。

孙勇说："我刚刚出差回来，收了一些钱回来——我们见面商量一下吧，你想买什么车？"

孙勇决定骗小江，再一次通过拥有她的身体，感受拥有爱的那种感觉。当时他在想，如果小江真能再次让他感受到爱，让他义无反顾地爱她，他真会考虑拿出十几万给她买辆车。如果不能，他打算和小江分道扬镳了。

见面后，小江仍然漂亮得让他渴望拥有全部的她，不管她是不是真的爱自己。他觉得过去经历的各种各样的女人，有比她漂亮的，比她年龄小的，也有比她成熟的，更有风情的，但所有的女人都不及她给自己的感受。那种感受使他想要征服她，彻底拥有她，与她结婚，建立家庭，从此结束生命中爱欲的盲目奔腾，安静下来。小江心里并没那么想，她渴望物质带给她的快乐与虚荣，渴望全世界男人对自己的崇拜，女人对自己的嫉妒与羡慕，渴望通过支配一个个男人来支配全世界。孙勇想要她，她也可以给予他，用自己的身体满足他，可怜他，驯服他。

小江的身体曲线玲珑使孙勇忧伤，她的面容娇艳使他难过。从内心里他并不愿意那么老老实实死心塌地地爱上一个女孩，奇怪的是他却爱上了小江，爱上了，他希望通过自己的身体和财富来征服她的心，让她代表自己，也代表世界上所有的女人，心甘情愿地跟随他，爱着他。他亲吻她，她被他亲吻，小江想到他曾经那样亲吻着不同的女人，心里有种厌恶，但她又想到孙勇说过准备送她车，便忍受着他。

孙勇觉得小江需要在城市中提升自己生活的速度，开着车奔赴商店、片场以及与一些人约会，她需要的很多，包括对男人的欲望。她需要经历一些男人最终到达自己人生的顶点，拥有名声与财富，以及一个彼此相爱的男人，但那个男人应该不会是孙勇！因为孙勇感到小江在应付他，似乎一直是那样，让他感到她的虚伪，因此他用身体强劲粗暴地占有她，但最终他感到徒劳无功。因此他虽然爱着她，心中却又对她有着一种说不清的厌倦感。

后来孙勇对小江说："我感觉你的心并不在我身上，既然这样，我也不能勉强你。我想过了，虽然我真的很爱你，但是我们还是分手吧！"

小江一脸不屑地看着他说："分手？这句话好像应该我来说吧！"

"你说吧，现在我希望并期待你能说这两个字！"

"没那么简单！你既然答应给我买车，要真是个男人，你就把车给我买了，然后再说分手的事儿！"

"凭什么？我以前从来没有给女人花过钱，对你已经是个例外了，因为我觉得我爱你——五十万，你知道能让我追多少女孩子吗？"

"你骗了我，你不要以为我好欺负——信不信我会让你后悔？"

"我操，你还威胁我？"孙勇一边穿着衣服，一边说，"我请你再好好地想一想吧，你并没有吃亏，不到一年时间，我的五十万花在了你身上，现在我已经后悔了，咱们再见吧！"

"你给我十万块钱，不要你给我买车了，你别想赖账！"

"难道你不想成为演员了？有一天你出名了难道不怕我把这事说出去？"

"我没钱生活了，你总得给我一些补偿吧？"

孙勇想了想，说："我看在上帝仁慈的分上，看在我盲目地爱过你的分上，最后再给你两千块。你不要以为我很有钱，我和朋友开的图书公司，做的书收不回钱来，现在都快倒闭了。我为了见到你的确是骗了你，但是我真的是想要爱你的，可后来我发现你根本就是在应付我，心没在我身上。我不是那种傻子！最后再给你两千，我的确是看在我喜欢你的分上，信不信由你！"

小江看着他，心里愤愤地想，两千块？也太不把我当一回事了吧，还说爱我，也好意思——这事不能就这么算了。她不接孙勇递过来的钱。

孙勇笑了笑，想缓和一下关系，便说："等着我，有一天我成为富豪，钱不再是问题，我会再继续跟你玩。我要你一辈子跟我玩，你记着，不管你怎么样我都爱过你，或许以后还会爱着你！"

小江冷笑了一声，让孙勇感到变脸后的她一下子变得陌生了。他甚至有些后悔答应给她两千块了，他应该掉头就走。

"十万，少一分也不行，不信你试试！"

"你想怎么样？"

小江摸起电话在拨号，孙勇大约猜想到她想叫人过来。他心里有气，没有动。他想看看小江能叫些什么人来——那时他还觉得，像小江这种女孩，应该没有什么帮手。不过，当三个五大三粗的男人走进房间的时候，他立马后悔了。

孙勇被两个男人架住胳膊，动弹不得，另一个胖男人上来就打了他两个耳光。孙勇的脸热辣辣地痛，嘴角流出血来，有几颗牙齿好像也松动了。

"各位大哥，有事好商量……"孙勇顿时脸上堆满了装出来的笑容，立马变了态度说，"有事好商量，别动手，别，大哥……"

小江指着孙勇说："你他妈敢玩我，信不信老娘我整死你！给钱，十万块，少一分你都别想走出这个门！"

"好，好，我出……小江，你能不能让几位大哥先把我放开——小江你是个名人啊，你总该注意一下自己的形象吧，我求你了，你说句话吧！"

小江看了胖男人一眼，胖男人从身上摸出一把刀，在孙勇的脸上比画着说："是断你条腿呢，还是给你破破相？"

"大哥，别冲动，咱有事好商量……"

"你说吧，一条腿值多少钱？"

"我，大哥！你要多少，我给行了吧！"

"我们这是在犯罪啊，冒了风险的，请你理解一下，一句话，二十万，你去取钱！"

"我、我，大哥……"

"给句痛快话，行还是不行？"

胖男人手里的刀子在孙勇的脸上划动着，几乎要划破孙勇的脸皮，让他感到恐惧，浑身发冷，直打哆嗦！他想，好汉不吃眼前亏，还是先答应了再说。

"我给，我给我朋友打个电话，让他给我送钱过来！"

胖男人皱了皱眉头说："你不是有卡吗？转账吧，别让那么多人知道，对你影响不好！"

"好、好，你们给我卡号，我这就去银行！"

事情就出在去银行的路上——孙勇开着车，胖男人坐在副驾驶座上，手里玩着刀，警告孙勇配合一点，别有什么想法。

小江和另外两个男人坐在车厢后面，随时都可以勒住他的脖子，控制他。孙勇心里又怕又紧张，他开车走神，与一辆宝马车擦撞在了一起，前面是红灯，走不动了。

对方从车上下来，给交警打了电话。

孙勇看了一眼胖男人，胖男人没有料到会发生那样的事。孙勇熄火后想下车装作与别人理论，要把事儿闹大一些，引来人围观，引来

欢乐颂

警察——没想到胖男人抢先下了车，给开宝马的男人亮了亮口袋里的刀，说了句狠话，对方就钻回自己的车里去了。

绿灯亮的时候，孙勇拉开车门下车撒腿就跑。胖男人愣了一下，听到后面的车不断在摁着喇叭，也没敢下车在大街上追。倒是孙勇慌里慌张，在十字路口被一辆货车给撞了，人被撞飞，又滚落到地面上。小江他们从车里出来，看到孙勇躺在马路上，也没敢围上去看，悄悄地走开了。

孙勇那张胖胖的、黑黄的脸擦破了一块皮，上了药水，包了纱布。他的一只眼球有些凸出来，红红的吓人。他裤子被撞破了，右腿粉碎性骨折，需要动手术。

李明亮赶到医院，孙勇看到他时却兴奋地说："我操，你总算来了，在偌大一个北京，我也只有你这样一位朋友，真他妈孤独啊！你不知道，太他妈惊险刺激了，简直跟拍警匪片似的，还好我他妈命大，你说如果我被撞死了，这个世界上不就少了一个伟大的作家吗？你老实说，你会不会因此为我痛哭一场？"

李明亮皱着眉头，心里有些难过，又感到好笑！

孙勇又恨恨地说："我真他妈简直要吐血，你猜怎么着，是小江那个小婊子操的女人，她竟然敢找黑社会来弄我，我他妈真没想到她会给我来这一手，真是人不可貌相，打死我我也不相信她会和黑社会上的人混在一起啊！我操，我操！亏得我还那么投入地爱了她一场，为她花了那么多钱，我的肠子都悔青了！把你拿来的鲜花让我闻闻吧，我需要一点自然美好的气息，这人类社会太他妈混乱了！"

李明亮笑着把花拿给孙勇说："别人也不见得是黑社会，你想一想，你经历过那么多女人，人家看了你那本书，肯定觉得你不是什么好鸟！她找几个朋友黑你一下，也是可以理解的嘛。我看你这是塞翁失马，趁这段养病的时间好好反思一下自己吧。"

孙勇用嘴巴咬掉了一片花瓣，嚼着说："我恨啊，你要知道，小江这个小婊子、小贱人可是我第一个真心爱过的人啊，她竟然找人勒索我，用刀子逼着我答应给二十万！三个彪形大汉啊，两个人架着我，一个人拿着刀在我脸上比画着，我只好佯装合作，但我不甘心啊，事儿就出在去取钱的路上。这事儿不能算完，你说我是不是应该报警？"

李明亮说："他们也没有捞到钱不是？你看看你现在这腿也动不了，我看还是算了，你就安心养伤，等好了再说吧！"

第九章　爱　欲

　　有半年时间，孙勇差不多是在医院中度过的。那段时间，李明亮因为忙着公司里的事情，只好派小菊照料他。那时公司因为发展的需要，又招了两位编辑。公司的规模不大，基本上没赚到钱。那段时间，李明亮也学会了开车，拿到了驾照。

　　到春节时，孙勇已经好利落了。那一年的春节，分布在全国各地的高中同学都陆续从外面回到家里准备过年。有人建立了QQ群，要召集大家聚一下。高中毕业十年了，是该聚一下。班里的四十八名同学，相互都有关系好的，彼此有联系的，有一多半都聚到了群里。聚会时到了二十四个，李明亮没有想到，周小凤也来了。

　　孙勇神秘地对李明亮说："你得请我吃饭，有个好消息我要告诉你。"

　　李明亮说："你说吧，吃饭没问题，公司埋单！"

　　孙勇笑着说："这个不能公司埋单，得自己出。我没要信息费已经便宜你了。你同意的话我就说，不同意拉倒！"

　　李明亮说："说吧。"

孙勇说:"我也是刚听说的,周小凤也在北京,和我们在一个城市,一个区,你震惊吧?"

李明亮笑着说:"你当我现在还是十八九岁啊,还震惊!"

孙勇说:"嘴硬吧你就,我还不了解你。初恋最难忘,我估计你们以后还有戏,不相信走着瞧!"

李明亮还真不知道周小凤也在北京,这些年来大家都各忙各的,几乎都没怎么联系。当他听到周小凤也在北京的消息时,心里的确很特别地跳动了一下。怎么说呢,他觉得自己和她真的可能还没有完,还会有故事。

聚会那天,周小凤穿着一件红色的羽绒服,当然没再扎马尾辫了,她留着齐耳的短发,唇红齿白,有了一种成熟女性的魅力。饭店里有两张桌子,李明亮没好意思和她坐在同一桌,碰面时有点假装不认识的感觉,都没好意思说话。喝酒、吃菜、聊天,几个钟头过后,大家都各自回家。通过 QQ 群,李明亮加了周小凤的 QQ 号,两个人也没聊什么,因为不知道能聊什么了。过年后李明亮和孙勇一起开车回到北京,有同学把班上的通信录发到了群里,李明亮有了周小凤的手机号码。

在一个周末,李明亮忍不住给周小凤发了一条短信。他说:"你知道我是谁吗?"

过了一会儿,周小凤回复说:"你是李明亮吧?"

"你怎么知道是我?"

"我猜的!"

李明亮心里一阵甜蜜。他没话找话地说："为什么偏偏猜是我啊？"

周小凤不回话了。

李明亮说："今天有空吗？要不见面聊聊吧？你在什么地方？我过去！"

周小凤竟然同意了。

李明亮去了约定的地方，上岛咖啡馆。他先到，要了个房间等她。时间不久，周小凤来了，穿着一身正儿八经的银灰色西装，西装里面穿了件白毛衣，那显得有些饱满的胸，把毛衣撑得有了显明的曲线。她脸色红润，眉清目秀，性感的红唇微张，隐隐露出一线白牙。她的表情显得似笑非笑，有些严肃，有些冷的样子。

十年后的李明亮已经和马丽、余小青、顺子、小红、"狐狸精下凡"在一起过，他不再是过去又单纯又傻气的他了。大城市，或者说这个时代对每个人的影响，使李明亮都有了挺大的变化，那种变化主要是心理上和思想上的，当然也有经济上的，最起码他有了一定的经济实力。那天李明亮特意打扮了一下，穿着一身得体上档次的休闲服，头发理成了板寸，胡子刮得精光，显得特别精神。他脸上涂了一层增白霜，这证明他还是特别在意周小凤的，而且在那段精神上的空白期，他也是想和她发生点什么。

李明亮微笑着看周小凤，尽量让内心的美好浮现在脸上，而他心里可以说也是纯净的，但他又在潜意识里特别渴望和她发生点什么。

他们面对面坐下来。李明亮要了一瓶红酒，笑着看周小凤。周小凤微微低着头，又不时抬起头看他一眼，欲言又止的样子，好像等他先开口说话，也在思索怎么与他对话。

李明亮对周小凤说："哎呀，没想到在同学聚会时能见到你，你知道我见到你之后心里是怎么想的吗？"

周小凤看了李明亮一眼，笑了笑，意思是：你是怎么想的？

李明亮说："见到你之后我就在心里想，得找个时间约你一起坐坐，因为有很多话在我心里还没有对你讲。十年前的话有些讲了，有很多还没有讲。那些没有讲的还一直在我心里响着——我该怎么说呢？算了，还是不说了，我们喝酒，为了我们久别重逢，咱们把这一杯先干了！"

两个人碰杯，都喝光了。

李明亮顾左右而言他地说："嗯，你变得更加漂亮了，真的！"

周小凤没说话，只是看着他，好像他是个不怀好意的骗子，准备骗她。李明亮也看着她，眼神相交的时候，她又低下头来。

李明亮感到自己仍然喜欢她，心里又开始有点隐隐的酸涩难过的情绪。后来，李明亮感到自己对周小凤有了一种强烈的占有欲，他想要通过身体拥有她，试探她和自己可不可以再相爱。以前仅仅是他单方面地喜欢她，而再见到她时，他却在想着可不可以再一次爱上她，得到她的爱。当他有了那种想法之后，突然觉得自己并不了解她，也谈不上真正了解自己了。他当时也在想，为什么在面对她的时候张扬了自己的欲望，张扬了自己对爱的需要呢？

欢乐颂

其实，自从和余小青断了联系，李明亮长时间一个人生活，都是靠自己解决生理问题，那使他渐渐对女人不太感兴趣，甚至会隐隐地有些讨厌女人了。因为她们总是与他隔着，总是让他一个人忍受着孤独和寂寞。那只是一种相对的感觉，他仍然会喜欢女人，只是他开始有些讨厌和女人在一起发生那种事情了。他觉得男女之间的事会让他活得没价值，会让他觉得活得特别有局限性，会让他感到人生越发空洞得没意义。李明亮觉得，只是喜欢和爱着一个人就好了，当然那也只是一种相对的感受，如果碰到相互喜欢的女人，他难免还是会有想与人家睡在一起的念头。

李明亮是在一个封建意识还很浓厚的，非常保守的环境里长大的，他们对异性有着那种天生的情感上和生理上的需要，但却一直得不到理解和尊重。如果他喜欢一个人，有了和人家上床的想法，就很容易被人戴上一个不道德、不高尚、不要脸的帽子，会被人议论、耻笑、批判、排挤。在那种环境中长大，人会变得非常压抑。在他看来，国人的素质要想提高，首先得摘掉虚伪的帽子，人人都活得真诚点儿！国人要想真正强大起来，文明起来，首先得学会彼此尊重，人人都变得光明磊落一点儿，有起码的对真善美的认识，尊重文化，尊重人最基本的生理需求，精神需要！

李明亮和周小凤面对面的时候多少还是有一些紧张。那时候他觉得自己不像十年前那样纯粹了，又觉得那种不纯粹的感觉也挺真实。他想拥有她，在他看来不仅仅是一种欲望，可以说还是一种精神上的渴求，一种生命的需要。

李明亮问周小凤："当年，难道你真的对我一点都没有感觉吗？"

周小凤沉默了一会，摇摇头说："没有！"

李明亮说："你还记得我给你写的那封长信吗？我把我喜欢你的理由全都写进去了，虽然有点傻，但是的确是那个时候的想法。一个人喜欢另一个人真的说不清楚。那时候我像傻瓜一样望着你的背影，一直希望你能给我一个单独相处的机会，但你偏偏就不给我那个机会。"

周小凤幽幽地叹了口气说："落花有情，流水无意，过去的就让它过去吧！你还在写诗吧？"

李明亮说："偶尔也还写一写，现在我和孙勇合伙做出版！"

周小凤说："你们应该结婚了吧？"

李明亮笑了笑说："我和孙勇都还没有呢，你呢？"

周小凤没说话。

李明亮说："应该有男朋友了吧？"

周小凤又摇摇头。

李明亮笑了，他半真半假地说："假如再给我们一次机会，你会不会考虑和我谈一场恋爱？"

周小凤抬头望着他的眼睛，也笑着说："你觉得我们还可能吗？"

李明亮笑了。

周小凤问："你笑什么？"

李明亮说："没什么。"

他们聊各自的工作和生活，后来一瓶酒快喝下去的时候，周小凤也聊了自己的男朋友。

周小凤大学毕业后换过几个工作，他们见面时她正在一家网站做编辑。她毕业工作后谈过一个搞软件开发的男朋友，两个人感情一直挺好的，差不多谈婚论嫁时男方突然就消失了。她打他的电话，电话成了空号。她在QQ上给他留言，也一直没有收到回复。他原来工作的单位说他辞职了，没有人知道他去了什么地方。她大概知道他是什么地方的人，但也没有他家里的联系方式，没法找他。没有给一句话他就消失了，她甚至不知道他是生是死。她搞不懂那是为什么，那件事让她一直耿耿于怀。

李明亮说："说不定他喜欢上了别的女人，和别的人在一起了；也说不定他得了什么重病，不想让你知道……"

周小凤说："不管怎么样，总得给我一个回话吧。"

李明亮笑笑说："还有一种可能，那就是被外星人给绑架了！"

两个人喝了两瓶红酒，聊到晚上十二点多。那时的周小凤有些晕，李明亮提出要送她回去，她不让。

李明亮说："反正我晚上也没有什么事情，还是送送你吧！"

她说："我就住在附近，真的不用送了！"

李明亮说："还是送送吧，我不放心你，陪你到楼下吧！"

李明亮陪着周小凤走在北京的大街上，望着万家灯火说："我真心希望你幸福，因为不管如何，你曾经让我那么心动过！"

周小凤说："谢谢，你也一样！"

李明亮说："你知道现在我在想什么吗？"

"想什么？"

"我想拥抱你一下！"

周小凤看着李明亮说："为什么？"

李明亮说："我就是这么想的，也没有为什么！"

周小凤没再说话。

李明亮又说："我仍然喜欢你，不管你喜不喜欢我！我仍然爱你，不管你爱不爱我！"

"为什么？"

李明亮指指自己的心说："我的心告诉我的，尽管我不愿意让自己那么想。"

周小凤不说话了，他们默默走路。

在一个小区附近，周小凤站住脚说："我到了！"

李明亮站在她对面，伸出双臂说："抱一下吧！"

周小凤没有动，李明亮上前抱住了她。她挣扎了一下，然后任由我抱着。在北京那么大的一个城市里，他们抱在一起，那样的拥抱在个人与群体、他们与时代之间具有一种象征意义。有爱的感觉让人的生命得到升华，李明亮却觉得自己需要破坏点什么才能拥有一个新的开始。他感到周小凤肉感十足的胸部在起伏着，他听到她带着淡淡香味的呼吸，闻到她洗发水在夜色中弥漫的味道，那是一种既熟悉又陌生的味道，那种味道使他想起以前的女朋友马丽和余小青，甚至想起许许多多陌生的女人，想起两性世界中诗性的存在，那是美好的想象。他觉得，周小凤是属于他的，他那么想的时候特别无助，甚至有点儿瞧不起自己，凭什么那么想啊！

　　过了一会儿，周小凤又挣扎了一下，小声说："行了吧！"

　　"不行！"李明亮仿佛还有些事没想明白，他有些无赖地说，"不行。"

　　李明亮想要吻她，她用手挡住了。

　　李明亮说："让我吻你一下，就当是一次吻别吧！"

　　周小凤信了，挡着他的手软了一下，被李明亮拉到自己的腰际，他让她抱着。李明亮的唇贴到周小凤的唇上，感到她的气息有一种煮熟了的玉米的味道，他用舌尖轻轻舔着她的肉乎乎的、有些冰冷的唇，而周小凤似乎也在享受他的亲吻。两个人的关系，有时候是建立在一种细节上的，是建立在一种隐秘的感知中的，不能一下子进入主题，那不真实。李明亮用舌开启了她的唇，他感到有种温润的感觉。往日的爱从他心底像泉水一样迅速涌现，仿佛又化成一种看不见的火，在慢慢点燃他，使他更加明确了自己的欲望，也清楚了心中漫无目的的爱，或者是对爱的欲望。

　　李明亮希望周小凤在他的拥抱和亲吻中慢慢融化，他们一起融化。后来，他的手插进她的头发，抚弄着她耳朵、脖子，然后又滑向她丰满坚挺的胸——那些行为显得可耻，但却又是必不可少的！其实李明亮清楚，他在思想上是想要做一个正人君子的，他不想那样努力着去与一个女人融合。周小凤大约没想到李明亮会抱、吻她、抚摸她，就像没有想到天上突然就落下了一阵雨，淋湿了她。后来她试图推开他，却没有成功。李明亮拥着她在路旁树下的一张排椅上坐下，继续吻她，我想要她——很自然的想法，也可以说是想让心中的爱，生命中的爱落到实处的一种想法。

周小凤说："不要！"

李明亮说："我要，我们在一起吧，真的，这个世界是那么大，大得让人感到孤独！"

也许是"孤独"这个词打动了周小凤，她也孤独，因此她最终还是带着李明亮上楼了。

李明亮来到周小凤的房里，房间很干净整洁，一张一米二的床，一张沙发，一个简易衣架，一张桌子，桌子上放着台笔记本电脑。他们意识到即将发生的事，但谁都没有再反对。仿佛在世界上，两个人不妨就那么放纵一下，给彼此一个享受对方的机会。

李明亮洗完，在床上等周小凤。周小凤洗了很久，似乎是还在思索该不该和他在一起。后来她走出来，用浴巾紧紧地捂着身子望了李明亮一眼，似乎是想确定躺在床上的男人是谁。人在感觉中面对着整个世界，当他确切地要面对着一个具体的人时，会有一种不确定的感受。李明亮看着周小凤笑了笑，伸出手。周小凤的脸上有一种严肃的表情，似乎仍在思考。李明亮坐起来，看着她的眼睛，美丽的，有着疑惑，甚至透着一些傻气的眼眸，里面有着对一切都不确定的光。灵魂在她身体的哪个地方呢？李明亮再次感觉到她的陌生，仿佛她从遥远的地方，风尘仆仆地突然呈现在他面前，让他感到一种淡淡的忧伤，在生命中弥漫扩散开来。

欢乐颂

周小凤说："你真的爱我吗？"

李明亮点点头说："是的，我爱你。"

"你感觉到我会爱你吗？"

李明亮又点点头说："是的，是的，至少我愿意这么相信。"

李明亮用双手捧住周小凤那满月似的脸，那张脸捧在他手里暖暖的，有种实实在在的质感。李明亮看着她，然后又开始吻她。欲望如火一般越烧越旺，模糊了世界，让李明亮的感觉中只有她，只有他们。周小凤在李明亮的亲吻中只好中断了思索，接受他，感受他，用被燃烧起来的身体和有心灵参与的身体与他结合。

李明亮望着周小凤光滑洁白的身体，美的身体，在暗自燃烧的身体，充满渴望的身体想，她的灵魂一定就在那样美妙的身体里。她使他感受到自己的灵魂，弥漫至身体的每一个部分，使他不忍心轻易地与她融为一体。他要一点点吻遍她身体的每个部位，唤醒全部的她，使她的世界百花盛开，万紫千红，使她对自己发出呼唤，命令他占有她，成为她，和她融为一体。灵魂是让人感受到永恒的一种存在，当一个人想起某个人的形象，别人想起自己时，那种想与被想就是一种灵魂存在的证明。当一个人感觉到自己在爱着世界，全世界都与他有关，那也是一种灵魂存在的证明。人需要意识到灵魂的存在，相信一些永恒的东西，广阔的东西，活得才更有底气，更有意义。李明亮沉浸在对周小凤的想象中，他用身体与想象互动，曾经他也与别的女人那样互动，像是相互寻找，最终找到了，之后又必须回到各自的现实中来，过一个现实中的人所必须过的生活，面对人人都将面对的一切。那一切主要是指让人陷入的现实生活，以及复杂的人际关系。每个人在现实之中，差不多渐渐地都会迷失自己，学会了现实，忽略了灵魂的存在，因此也就活得不是那么真诚自由，不是那么称心如意，不是那么善良美好。李明亮感谢那样的相互探寻，因为那会使他的生命充满欢乐和幸福的感受，使他拥有一些说不清的人生的意义！他又觉得该为此感到抱歉，因为那样的探寻，最终会让他把身心放置到一座茫茫大海中的孤独的荒岛中，久久无法靠岸。

李明亮看到周小凤有些冷漠的脸开始变得潮红，她洁白丰满的身体像波浪一样起伏，她的喉咙里不断发出"哦哦"的呻吟声，她的手胡乱地抓握着他，抱着他。她在李明亮的眼里和心里变得更加完美，也更加脆弱得需要他的爱与呵护！他感到她的呼唤和需要，然后他轻轻把自己放在她的身体上，又轻轻地进入了她的世界。不仅仅是欲望，还有着盲目的渴望，甚至对整个世界的漫无边际的那种爱。有一瞬间，李明亮感到有种融入虚空的实在。周小凤也感受到有种被充实的空茫，被占据的幸福与欢畅。通过身体与心灵，那幸福感来得似乎可怜又可恨。李明亮望着周小凤，感受到生命中的力量带动着他进入无限，灵魂在身体的狂风暴雨中欢畅地飞翔，但最终将要到达哪里呢？通过身体与心灵，他感受到的远方，似乎是不确定的，但又是存在的。他感到自己被吸纳，成为周小凤的一部分。最后他终于完成了一个男人对一个女人的，不，应该是彼此的燃烧。他有些疲惫，甚至还有了一丝沮丧！因为那样的美好无法长久和持续，那种愿意永恒的，精神方面的渴望最终会停止下来，让人重新回到现实。

周小凤大约对李明亮的表现很满意，因此又问："你真的没有女朋友吗？"

李明亮想，她在那种美好的感受中，也许是渴望和他保持一种长久的关系，所以才想从他这儿获得他并不属于谁，有可能会属于她的答案。他想了想说："真想对你说声谢谢，因为我和你在一起的感觉真好，我真想永远和你在一起。这似乎也证明，我曾经对你的爱是对的，我们在一起真的很好，从来没有过这样的体验。"

那不是确定的答案，或者说不是周小凤想要的答案，因此她又问："你真的没有别的，正在交往的女人吗？"

李明亮认真地说："我是自由的，你也是自由的，你真觉得我们可以永远在一起吗？"

其实他那么说，大约有了不想永远和谁在一起的意思。他那时在想，谁可靠，谁值得让彼此永远在一起呢？没有那个必要吧。一个男人的意志，通常会被无端的一个女人的出现所消融，因为通常在很多情况下，男人与女人发生了那种关系，不再是单纯的相互的愉悦，而是会附加上一些东西，不管是精神层面的，还是物质层面的，会让人觉得特别累，感到特别不值得。在经历过一些女人之后，李明亮有时会想回到古代，甚至想阉割了自己去当太监，去伺候皇帝的女人。他不和她们上床，但可以欣赏她们的美丽。当然那也仅是他一闪而逝的想法，可他为什么会有那样的想法呢？性还是美好的，他清楚不该否认，但他那时候的确有些厌烦与女人有那回事。

欢情已过，周小凤渐渐回复原来的自己，她的脸上渐渐又有了那种淡淡的冷漠和属于现实的严肃表情。李明亮想，结合他们赤裸相对的现实，她可能会感到自己有些虚伪。但那就是她，她会觉得自己归根到底是属于现实的。只是她被他，被彼此的欲望带到了另一个地方，完全敞开了。那样的体验使她，当然也使李明亮感到，他们作为人的存在，理想与现实，肉体快感与思想纯洁的复杂与矛盾无处不在。在那种矛盾面前，他们感到了爱的可笑，人生粗枝大叶的不严谨。每个人的生命中都有一些漏洞，除非活着无欲无求。周小凤或许还会觉得她并没有真正认识和了解李明亮，不确定他到底是怎么样的人。十年前那两个打在她脸上的耳光，他写的那些信与纸条，以及两瓶红酒，和彼此的一些交流，甚至包括各自在都市中的工作和生活的体验交汇在一起，凝缩成的一场欢爱活动，而且在一起时的感觉还是那样美好，这究竟做何解释？想来，过去的她对李明亮或多或少是有厌烦和恨意的，但那一切通过一场欢爱暂时消失得无影无踪了，这可信吗？在床上他是那么熟悉她的身体，那么熟练地操纵着她，让她觉得他一定经历过不少女人。李明亮是有过一些女人，和她们，而不只是和周小凤在一起时有过一些美好，有过一些感情上的交换共享。这又能说明什么呢？世界如此博大，地球上有六七十亿人，每个人又都有着那么鲜明的生命欲求，一个人怎么能够完全理想化地保持着他的纯粹呢？为什么一个人的纯粹不可以与更多的人去分享呢？那种分享为什么不能是身体和欲望的呢？李明亮感到每个人几乎都在时光中坠落，在滚滚红尘中，在熙熙攘攘中，在庸庸碌碌中一点点消失，或者转化为别的什么存在。能够一直上升到天堂的，简直是少之又少，能够在别人的生命里留下印象的，也不会太多。

周小凤再一次说："你想和我永远在一起吗？"

李明亮想了想说："我觉得每个人，包括他的爱情都在远方。有时候我会想，两个人为什么一定要在一起，还要永远在一起呢？"

周小凤说："我明白了！"

李明亮笑了笑说："也许你并不明白！"

周小凤说："你是不是想要报复我？"

李明亮说："可以肯定地说，不是，我觉得我真正在爱你，难道你没有感觉到吗？"

周小凤说："那你为什么不能和我永远在一起呢？"

李明亮说："我不知道我们能不能永远在一起，你真的能知道吗？我知道的是，我是想和你永远在一起。"

周小凤说："为什么强调想呢？你还是不想吧。"

李明亮说："我不知道。"

周小凤说："你知道我为什么会接受你吗？当你拥抱着我的时候，让我感觉到我一直那么期待着一个人的拥抱。还有你不再像以前那样自以为是，你懂得了用花言巧语骗取我的好感了。你也许并不是真心想吻我，真心想和我在一起，你只是在报复我。你是在报复我，但你并不清楚自己是不是在报复我。"

李明亮说："没有，我真的没有。"

周小凤说："我想我仍然会恨你，因为你的干扰我没有考到一个理想的大学；因为你的两个耳光，一个女孩的优越感变得荡然无存；

因为你和我在一起了，却又和我没有将来——所以我也要报复你！"

李明亮笑着说："你打算怎么报复我？"

周小凤说："我要你永远属于我，爱我，和我在一起。"

李明亮说："也许这仅仅是你一时的想法。你想，我是一个自由的人，一个真实的人，我的一些想法和感受会变化，我并不能确定我要永远和谁在一起。我觉得两个人相互喜欢，也未必一定永远在一起。你想要永远在一起这等于是说，你在期待一个可以让你为他去生，为他去死的人出现，我知道我们之间并不太可能！"

周小凤说："为什么？为什么？为什么？"

她一连说了三个"为什么"，李明亮笑了，看着她，觉得好像又在重新认识她。

其实，李明亮想到周小凤当时也未必真心想和他永远在一起。想，可能也不想。他当时隐约感到，自己也想要得到全部的她，她的身体，通过她的身体获得她的灵魂，那种获得如同忘我的两个人的相爱，可以使人热泪盈眶，但他知道那是一种相对虚妄的想象！那时他已经不太相信女人，也可以说是不相信自己了。他不相信在现实中有永远，但相信精神上，生命里有远方。在远方，他的生命和精神会有一个相对纯粹的国度，那个或许是可信的。

因此他对周小凤说："我对你不仅仅有欲望，肉体是终会消失的媒介、载体，它使灵魂呈现，属于个体生命真实的组成部分，那也是一个人真正的生命部分，而不是全部。肉体承载着灵魂，但灵魂要比肉体生命博大得多。我们两个人赤身裸体面对的时候，是两个相对独立的生命个体在对话。我们拥有一个特别的空间，那个空间是我们的小世界。我们要通过内在的互动交流，验证自我生命的真实，探寻灵魂的存在。意识到灵魂的存在，存在于自我，存在于他人之中，是生命的一次升华，是一次对自己的放逐。两相情愿的欢爱是一种美好，而那种美好是个体生命呈现给世界的美好，我们会带着那种美好的感觉爱着世界，而不愿意给别人、给世界带来损害。我们要永远在一起，这似乎是在约定，我们在限制着对方爱上别人，爱着全世界的可能。"

可能李明亮说得有些复杂吧，周小凤没有听得太明白，因此默然不语。

李明亮看着她，用心想象着她，使她变得纯粹和美好。他读了许多书，想过很多事，经常写诗，心中具有那种想象的能力。他甚至有孩童一样的目光，一直有，但那也让他在现实中多少会感到不适。他觉得自己并不是像一只贪恋肉体的狼，而是一个发现她的美，希望她成为美的部分，使她更加强大和充实的男人。他希望她也是严肃和纯粹的，能够通过有限的肉体感受到彼此的灵魂。他的灵魂中有着别的女人，有着他的在社会生活中个人修养与品质的局限性，但是没关系，因为她也有她的局限性。他们谁都不可，也不必去否定他们的局限性，似乎那便是对全世界全人类的不负责任。

李明亮希望她能意识到这些，于是他继续说："通过我们的身体，最终实现的也许仅仅是欲望，一种对现实，对自身孤独的，和对爱的缺失的不满和报复。如果你感受到这一点，你觉得我们还需要融合在一起，还需要永远绑在一起吗？"

周小凤看着他，像看着一摞在说话的书籍。

有一刻李明亮突然感觉到，如果不需要通过身体，也许会使他们的那个时刻成为一片空白。他感受到那片刻的寂静，因此再次选择了靠近她，抚摸和亲吻她。那挺无聊的，他们刚演过一场淋漓尽致的床上戏，又来了。李明亮希望使周小凤的美，她的身体渴望自己的存在，与他的思想和情感进一步融合，让他能够尽量地感受全部的他们，他们的过去、现在和未来，他们之间关系的多重可能。

李明亮看到周小凤的身体在拥有他的同时，脸上仍然显示着一种冷漠的表情，甚至她抿着的嘴角带着一丝嘲弄的笑意。他再次想到与她最终可能会没有结果，没有结果，是一种感受，甚至也可能是一种结合自身意愿或存在现实的一种想象。李明亮感受到周小凤在用手用力地握他、掐他、拉近他，用牙齿咬他的肩膀，使他感受到野性的欲望的鲜明，那是种相对纯粹的欲望，似乎是一种不附加任何条件的欲望，类似于你情我愿，一起燃烧，彼此照亮，彼此温暖，合情合理，没有什么不好。尽管有时候欢爱的结果最终会让人感到，有一方是用骗的手段获得了自己，让自己在回到个人现实的层面后有种受到破坏，或被欺辱的感觉。李明亮也用力地揉她，用手指划过她脸庞和肌肤，甚至用手抽她，像是要彻底征服她，化解她，让她成为自己的一部分。那纯粹的动物般的动作带给他一种前所未有的快感，最终他们一起到达欲望的巅峰，然后，李明亮有种坠向深渊的感觉！

周小凤说："有一天也许我会杀了你，因为你会让我更加迷恋自己，你会让我觉得自己就是个女王，可以支配一切！"

李明亮说："我不是你的全部，因为我不是一切，我只能是我，我有我的局限性。请忘记我吧，不，就像让我忘记你一样这是不现实的。我们放下吧，彼此放下，去平平淡淡地活着就好。其实你也会使我有一种冲动，让我想要拥有千军万马，去征服全世界，但那样是为了什么呢？难道为了可以拥有完全的你？不，也许我会在那样的过程中试图征服所有的男人和女人，把他们踏进尘埃，成为虚无，从而彰显自己的强大，从而说明自己可以为所欲为。但我知道自己只能像个小人物那样活着，工作着，偶尔写写诗，承受着生活的种种烦恼。或许你的生命内部也在渴望着自由，而我的存在会阻碍你走向远方！人生是多么有限，多么盲目啊！"

周小凤说："是啊，所以我们要做出选择，你不想死在我手中，最好的办法就是离开我，尽管我现在已经爱上了你！"

李明亮笑了笑说："你爱上了我？那好，我现在想要死在你手里了！"

周小凤心中涌出一种感动，她说："我爱你，可我知道，也会有别的女人爱你，我不能阻止，而且我也完全有可能对你不满足！"

李明亮说："是的，是的，事实上你也应该不断地有别的人来爱你！"

周小凤那时刚读过《金瓶梅》，那是她对他说的，以前她喜欢《红楼梦》。周小凤说："《金瓶梅》这部书在一定程度上让我明白了爱欲与死亡，明白了男人和女人的关系。与《红楼梦》相比，这部书写了人性的真实与丑陋，而《红楼梦》则写出了人性的虚伪和美好。我想我之所以会接受你，也许正是因为受到《金瓶梅》的影响，是在渴望着一种真，一种自我的放纵的快乐，我强调了我真实的欲求，放弃了一些虚伪和美好——其实，美好的或许在于想象，正像你所说的远方，在远方，有纯粹和美好的可能存在的空间。人在社会现实中都有悲剧性的一面，人对死亡的想象，有时则会让人对欲望的需求更为强烈。"

李明亮点点头说："每个人在自己的世界里，都会有一个浩浩荡荡的人生，但在别人的眼里也许什么都不算。你说，我给你的感觉是不是那种贾宝玉和西门庆相结合的男人？"

周小凤笑了一下说："我呢？算了，算了，你想离开就离开吧，你去选择你有可能喜欢的和爱上的吧。"

李明亮笑了笑说："你不报复我了？"

周小凤说："那或许就是对你最好的报复吧！"

李明亮说："以后我想你了，怎么办？"

周小凤说："你说呢？"

李明亮说："我不知道。"

周小凤说："不过至少我现在知道了，我们没法在一起。"

李明亮笑着说："这就对了。"

第十章　重　逢

马丽在与李明亮分手后不久和一位家境不错的，一直喜欢她的男人结了婚，不到一年又离了。当初马丽选择他，一方面是那个男人可以为他提供一些做生意的资金，另一方面她觉得那个男人老实可靠，又是同一个县城的。结婚后她发现，看上去老实可靠的也未必可靠。马丽开的服装店并没有想象中的那么好，后来离婚后不得不考虑离开那个县城去找份工作。她向一些用人单位发送了简历，后来去了北京一家大型化妆品公司上班。她在公司里当了一年文员，后来又跳到市场部，一年后她有机会代理了一家国外化妆品的一个品牌，成为老板，短短几年时间在上海、深圳等一些大城市融资开了分店。

马丽的好友苏梅在北京一家商场开了化妆品店，李明亮在逛商场时路过苏梅的店，苏梅认出了他。李明亮从苏梅那儿已经知道马丽已经今非昔比，她终于成为以前想要成为的有钱人。李明亮打心里为马丽高兴。

苏梅说："什么时间你有空你们见个面吧，马丽在网上搜过你发表的作品呢，这说明她心里还是有你的。"

李明亮说："见了面能再说什么？还是算了！"

苏梅说："你们还是大学同学呢，见面聊一聊，做个朋友不也挺好的吗？"

李明亮笑着说："也是，找机会见见面。"

李明亮晚上回去后和孙勇一起喝酒，谈到了遇到苏梅的事。

孙勇说："我操，这就是缘分啊，这说明你和马丽还有可能会有故事的。我实话跟你说啊，就我所知道的你喜欢过的女人中，还就觉得马丽与你是合适的，你们有夫妻相。周小凤吧，长相我不喜欢，在我眼里她也特别虚伪，你们基本上不是一种人。余小青长得太漂亮了，只能是有钱有势的人才能让她过上安稳日子，像你，顶多也就能和她有一段情。"

李明亮说："是啊，现在余小青去美国了，和原来喜欢她的那个金少华结婚了。说真的，我是真心为她高兴，我是想爱她的，但是我不合适。说起来你可能不相信，我现在几乎都忘记了以前和马丽在一起同床共枕是种什么感受了。我们同居了差不多三年，可我真的忘记了，你是不是觉得很奇怪？"

孙勇笑着说："你记得和谁在一起的感觉？"

李明亮说："我和周小凤在一起的感觉挺好的。你别怪我没告诉你啊，一个月前我和她联系上了，这是真的。因为我们都是同学，是她不想让你知道，所以我也就没说。"

孙勇说："我操，不会吧！你们都好了一个月了，你也好意思不告诉我！都他妈单身，还那么小心翼翼的，说又怎么了？你说说和她在一起是个什么感觉。"

李明亮笑了笑说："总之挺好，但我觉得我和她没有未来，说不清楚为什么。不过我爱着她，那种爱我也说不清楚，就觉得她是我爱的人，是我爱的类型。我喜欢过余小青，因为她善良、漂亮，但现在想一想，我对她还真谈不上爱得有多深。马丽还是伤了我的心了，我是真爱过她的，也是想过要和她永远在一起的。我和她在一起，就像和朋友在一起一样，虽说也有争吵和烦恼，但却很放松，很快乐。"

"我看你是写诗给写傻了，怎么有那么多说不清楚？你现在对马丽有什么打算？"

李明亮想了想说："如果她想见我的话，就先见个面再说吧，马丽现在全国各地地飞，在很多城市都有分店，这说明她做得很大，是个大老板。"

孙勇愤愤不平地说："我操，好事都让你遇上了。说实在的，如果她真对你还有意思，我觉得你和她结婚算了，让他养着你写诗，咱们这公司也别开了，老他妈收不回钱来，做个什么劲啊！自从上次被车撞了之后，我也想了许多事儿。我觉得我们早晚还是得好好地去找个安安稳稳的女孩结婚过日子。世界太他妈大了，咱们平平凡凡地过就好了，别操心那些没用的，也别想太多了。我有这种转变，得好好感谢那个小婊子——我在网上查了，她最近又上了一部电视剧。你说她就不担心将来功成名就的那一天，我会跑出来揭发她啊！"

李明亮笑了，说："祝贺你有这样的转变，你还会爱小江吗？"

孙勇说："人真他妈贱，尽管我不想，可有时候我还是会想她！

有时候我想啊，如果咱们能赚大钱，我他妈也弄个影视城，看那个小贱货还有没有脸过来见我！当然，如果她愿意低头认错，我还是会考虑要她的，就让她凑合着给我当个情人，隔三岔五地去临幸她一下吧！"

李明亮说："是啊，这几年虽说我没有怎么想马丽，可是一想起她，有时候心里还是隐隐地难过，也许这就是爱吧。爱的对象不同，深浅层次也不同。我不知道自己和她见了面之后会有什么感觉，还会不会爱她！"

"那就见个面，见了面就知道了。能好就继续好，她有钱啊，这个很重要，你得考虑。不能好就拉倒，你还过你的穷日子，写你的诗，也没什么大不了。"

大约一周后，苏梅给李明亮电话，说马丽回来了，想和他见个面。

李明亮理了发，穿了一身银灰色的西装，脚上穿着一双棕色的尖皮鞋，显得有些文艺青年的范儿。马丽倒是比以前也瘦了些，她穿着一身青灰色笔挺的西装，拎着一只精致的进口 LV 小包，身材显得更加曼妙动人，人也显得更加精神——让李明亮不习惯的是，马丽的眼睛还做了手术，摘掉了他印象中厚厚的像瓶底一样的眼镜。

两个人坐下，相互打量了一会，彼此突然就莫名其妙地笑了一下。笑，缓和了他们几年前建立的紧张对立的关系，使他们认为，时过境迁，现在一切都无所谓了。

在成功富有的马丽面前，李明亮多少还是有些不安，他低下头，过了几秒钟又抬起头含着笑说："我听苏梅说了，你现在混得挺不错的啊。"

马丽也笑着说："你还是和以前那样瘦，脸色有些苍白，显得有些营养不良的样子，看来你没有混好。"

李明亮笑了笑说："是啊，看来你离开我是对的，跟着我也没有什么好。"

马丽也笑了一下说："我在网上搜了你的诗歌，什么时候出诗集啊，到时签名送我一本？"

李明亮看着马丽，笑着说："现在出诗集一般都得自费，到时你赞助我出一本？"

马丽笑出了声，他说："也真是怪了，我竟然还记得你当初追我的时候给我写的情诗。你还记得吗，你如果还记得，我就帮你出一本诗集好了！"

李明亮显然是忘记了，他笑着说："我现在就是做出版的，想出自己也还出得起，就不让你破费了。不过我们分手之后，有一些诗的确是写给你的，虽说我们分开了，但我心里一直还有着你。"

马丽说："我知道，你不是写了《致 ML》吗？你可真傻，我们都分手了你还念念不忘。念念不忘必有回响，你瞧，我们又坐到一起了！"

"有些话没有办法跟你当面说，只好写进诗歌里了。现在你怎么样，一切都还好吧？"

"我现在就是俗人一个，赚钱是我的人生目标！"

李明亮笑了笑说："你还好，我现在就没有了目标。"

"写诗不是你的目标吗？"

"写诗是人生目标吗？当然，可能是的。如果你能这么认为，我是非常高兴的。"

"能再次见到你，我也挺高兴的。"

"谢谢，你这么说我也挺高兴的。"

两个人的见面是愉快的，彼此感觉都有一种久违了的熟悉，那种熟悉感让他们感到亲近。毕竟两个人同居过，相爱过，彼此曾经在对方那儿获得过欢乐和幸福。如果舍弃了一些不谈，两个人还是有感情在的。

李明亮在看着马丽时，渐渐地感到自己的那颗心就像是充满了气的气球，在不断地飘升，他很想被谁狠狠拉上一把。那种难过可能是他意识到爱已成过去，而爱却还在心底。那是一种被破坏，被埋没，但成了生命中一部分的爱。时光会使那种爱沉淀和发酵，会使他产生一种淡淡的忧伤与隐隐的痛苦。两个人毕竟相爱过，分手后在各自的生活与世界里孤单、自由、寂寞、忙碌，承受着种种现实，奔向自己的远方，彼此放弃，彼此顾不得，但归根结底，那并不是他们想要的结果。

马丽觉得，当初她执意要与李明亮分手，那是因为自己还太年轻。当然她也谈不上后悔，因为人生就是个过程，人人都要对自己的选择负责。当她经历过婚姻和另一些男人后，回过头来才发现李明亮才是适合她的。因此她会回过头来关注他，去读他在网络上的诗歌——但又不好再联系他，直到他与苏梅遇见，说起他。

李明亮和马丽见面，与和周小凤见面时有着不一样的感觉。他事先在心里预想了他和马丽见面后的结果，他并不太乐意和马丽重新和好，他和她见面只不过是想要改善一下彼此间冷漠的、老死不相往来的局面，但见面之后他却觉得，马丽就像和他在一起生活了很久的亲人。虽然吵闹过，分过手，但他心里还是爱着她，他无法否认这一点。他从给马丽写第一首诗开始，已经为她写下了许多诗，那些诗是从马丽写起的，但后来未必一定就完全属于马丽。那些诗歌是李明亮对世间美好的人和事的一种爱恋和祝愿。当马丽出现在他面前的时候，他发现，原来自己所写的诗的确是因为在爱着和想象着马丽才写就的。

晚上，李明亮和马丽分别后一个人走在夜晚的大街上，感到心中有一种无依无靠、无比空洞的感觉。他想起以前有很多次夜晚一个人走在大街上，也一直渴望着能邂逅一个与自己同样孤寞的女子，能够相互陪伴，但一切并不能如愿。他觉得自己活得特别无趣，也没有方向，他有些想要一个家了。

李明亮和马丽第二次见面时有了酒。那时他们给对方留了时间，根据他们第一次见面的印象，大约也想象了他们分手后彼此的生活。马丽也有意识地想要进一步了解李明亮，甚至把他列为结婚的考察对象。对于李明亮来说，马丽变得有钱，那倒是他愿意和她和好的一个障碍。那时候，李明亮心里也有想过和马丽和好，甚至结婚。不过，那也只是一种想法。作为诗人的他在精神上更倾向于一个人享受孤独，但他也清楚，时代生活在改变着每一个人，现实不会给他纯粹的孤独空间。

两个人喝酒，各有心事。

喝得差不多，也聊得差不多的时候，马丽对李明亮说："你在我面前可别端什么臭架子了，你可是犯过错误的人，我大人不计小人过，现在愿意再给你一次机会。这完全是看在你给我写的那些情诗的分儿上！"

李明亮笑着，一时不知道该如何回答。那时的他既想和马丽好回去，也怕和她好回去。想是因为他还对她有感觉，甚至还有爱；怕是因为有了她，便有可能会失去自由。两个人认真在一起，自然是会要求对方的心属于自己，而那时他仍然会幻想别的，未曾出现的，让他心动的，未知的女人。他有着对女人厌倦的情绪，却又无时无刻不在期待着她们。他甚至认为婚姻是不道德的，人应该自由地选择和自己喜欢的人在一起，而不需要相互负什么责任。

马丽说："我在通州刚买了套别墅，想不想去看一看？"

李明亮说："好啊！"

马丽说："一个人住着那么大的别墅，太空了！"

李明亮说："你可以养只宠物。"

马丽说："我整天在天上飞，这不太现实！"

李明亮说："也是。"

欢乐颂

马丽把李明亮带到了自己的别墅。

李明亮坐在高档的皮沙发上，看着别墅里的价值不菲的家具摆设，想起他们最初用几十块钱租来的出租房，然后又看着马丽，想起他第一次亲吻她的那个晚上。那是他的初吻，那种感觉美妙得像是世界上所有的花都在他心中盛开了，而他就像一只幸福的被花香迷醉了的蜜蜂。为了寻找那种感觉，李明亮渴望把唇贴到马丽的唇上，那有记忆的唇，隔着时光与彼此经历的唇，忧伤委屈得在感觉中像是蔫了的花瓣，令他感伤。他也想要再次通过一场淋漓尽致的欢爱来熟悉马丽，探寻和发现久别重逢的她的存在，因为他几乎忘记了和她在一起的感受。也许是在酒精的刺激下，李明亮站起身来，走近了马丽。

李明亮笑着说："我的初吻献给了你，还有我的第一次！"

马丽也笑着说："我也一样。"

李明亮说："可我现在几乎忘记了那种感受，我可以再吻你一下吗？"

马丽说："当时你也是这么问的，这些年怎么还没有长进？"

李明亮说："你的意思是不用问对吧？"

马丽说："你还是那么坏，还坏得一本正经！"

李明亮说："是啊，有时候我觉得自己还不够坏，我想再坏一点！"

马丽说："好啊，我看你怎么个坏法！"

李明亮抱住了马丽，要吻她。但他的唇并不是那么急切，而是贴着马丽的唇很久，久久也没有投入的样子——他只是用自己的唇轻轻摩擦着她的唇，似乎需要时间来唤起记忆中的感受，需要用时间来调动彼此的感觉，而过于迅速的贴紧和投入会显得过于草率和不负责任。

马丽感觉到李明亮的犹豫与专注，她似乎也能理解，但她在心里却隐隐地想抽他一个耳光，因为有一个瞬间她想到了自己见过的余小青，想到正是那个比自己漂亮的女人使他们有了间隙。算了，她想，原谅他，这个坏蛋——他是我的，我要他成为我的，于是她的唇用力地贴紧了他的，好像是在表示自己包容了他过去所犯的错误。

李明亮感到马丽占了上风，同时也在迎合自己，于是他终于用舌尖叩开了她的唇，用双手抚弄着她顺滑的长发，她的他曾经熟悉的身体。他的脑海中浮现出余小青、顺子、安佳、小红、"狐狸精下凡"、周小凤，浮现出与他相关和不相关的女人，心中无明的火焰开始燃烧起来。马丽感到他的变化，她需要他的那种光与热，他对自己所倾注的爱意。多么好啊，那个时候，她也感受到自己的心在为他而燃烧，在点燃全身的血液，让她快乐、幸福，渴望带着肉体飞翔。她的手胡乱地揪住他的头发、耳朵，似乎要把他扯开，实际上是渴望他燃烧得更加猛烈一些。

李明亮脱掉了她的衣服。

"坏蛋！"她喘息着，轻轻地说，像是鼓励他。

"我爱你！"李明亮喘息着，脸和脖子红红的，在她耳畔说。

有一片刻，李明亮望着光着身子的马丽。啊，多么熟悉的身体，与几年前相比几乎看不出变化，还是那么凹凸有致，玲珑曼妙——他怎么可以忘记它，背叛它，被另一个女人的身体和美貌所迷惑？接着，李明亮也脱掉了自己的衣服，用手、唇，轻轻划着，触动着马丽的身体。马丽感觉到他的手指和唇如同温热的小风在吹拂着她，想要让她身体里的火烧得更加旺盛。

"坏蛋！"她看着他，看着他依然俊朗熟悉的脸庞，然后用手拉近他，让他伏在自己的身体上，不住地在他耳边说："坏蛋！坏蛋——你是个大坏蛋！"

李明亮进入了她的身体，他记起第一次和她在一起时，那时他心里特别感激她，希望永远爱着她，和她在一起。那种爱与欲的结合纯粹得如雪花飘飘洒洒落在广袤的大地上。单纯的爱欲多么美好，现在的他已经没有了过去的那种感觉了，那使他对马丽有了一丝愧疚。但接着他加快了速度与力度，似乎在报复她当年不分青红皂白地离开了自己。

如果说李明亮那时仍然爱着马丽，那种爱却已经变得复杂化了。那种爱隔着经济地位的不同，生活阅历的不同，也有着分别多年的委屈与抱怨，甚至还有着对敞开了的欲望的无所适从。他勇猛地撞击着她，深入着她。她被充满，被冲击，感受着他在自己身上晃动着的身体，觉得他正在野心勃勃地占领自己，毁掉自己。她喜欢他那样，那使她更像个女人。她用身体迎着他，喉咙里发出求救般的呻吟和呼喊："坏蛋！坏蛋！坏蛋！"她甚至也在想，他简直像个孩子，像个小兽，她爱他，永远都爱着他。

李明亮感受到生命的力量与理性结合的美与盲目，感受到肉体所承载着的灵魂的真实与自然。他们在渴望通过摧毁一切来重建生命对彼此的认识，怎么能够说那样不好？怎么能够说那样便是一种纵欲和堕落？他最后向她发起冲锋时感觉到自己向她射出的子弹穿透了彼此的灵魂，而他变成了一个空壳。他爱她能够使自己变成一个空壳，那种爱甚至使他对死亡有了一种隐约的渴望。事后，他静静地躺在床上，像是已经在死去了。

马丽满意地伏在他的身上说："你太棒了，还是那样厉害！"

李明亮不想说话，他只想静静地躺着。

马丽在他脸上吻了一下说："明亮，我爱你！我们在一起吧，再也不要分开了。你搬到我这儿来吧，从今以后你是我的，我也愿意是你的！"

李明亮呼了口气，淡淡地说："让我再想一想吧。"

"你还想什么呢？和我在一起，你可以不用工作，一心一意地写诗了。"

李明亮不说话，他在想，自己愿意睡在马丽身边，一辈子在她身边，那会使他感到踏实，但是，她无法让他满足，他还有别的，也需要别的期待。

那时，他也谈不上太强烈地爱着马丽，那种爱更多的是基于过去彼此在一起长久地生活过，基于马丽是他的第一个女人。柴米油盐，喜怒哀乐，悲欢离合，他们曾经一起经历过，是曾经有过的、不容否认的真实。

李明亮经历过的女人中，也只有周小凤和马丽让他有爱的感觉。

欢乐颂

对于余小青，李明亮对她的了解基本上在于她自己的讲述。对于顺子、小红、"狐狸精下凡"、安佳等人，归根结底，他不过是和她们做了一场游戏。

第二天一早，马丽把李明亮送到单位，两个人吻别。看着马丽的车淹没在滚滚车流中，李明亮有种莫名的伤感，他在想，自己难道不应该去爱上那样一个积极地融入现实世界的女人吗？

孙勇一见李明亮的面，就问："昨天晚上去哪儿了？怎么没回来？是不是和马丽在一起啊？"

李明亮点了点头。

孙勇把李明亮拉进自己里面的房间说："我操，我操，你们又和好了吗？不会吧？"

李明亮又点点头说："怎么啦，值得你这么兴奋？"

孙勇说："我是兴奋啊，看来我们都走了桃花运了。昨天晚上我在路上也遇到了一个女人。她一个人默默地在路上走，我把车子开过去，装成迷路的样子问路。后来我问她有没有时间聊一下，显然她也是无聊的，就没有拒绝。我们一起到了朝阳公园，坐在公园里聊天……"

李明亮说："后来就聊到了床上？"

"必须的，不然找她聊什么啊——她身材真好，简直是完美，穿着黑色的裙子，气质高雅！更难得的是，她也喜欢看书，这不就有了共同话题吗？我们聊自己看过的书，我说我是个作家，她很吃惊。"

"她是个什么情况？"

"比我大一岁，已婚，两地分居，离得不是太远，每半个月回家一次。她以前有过一个相爱的男朋友，分了，后来就随便和一个男人结了婚，好像也不是太幸福。属于那种希望爱情，但心无所依的类型。我拥抱她，她没拒绝，我吻她，她也没拒绝——公园角落里人不多，又是晚上，我抚摸她，说实话，我还没碰到过那么敏感的女人……本来我想在公园里打野战，她不同意。后来我带着她开了房。她很享受我的抚摸，但是我想要她的时候，她不让，她认为自己应该为老公守住最后一道防线。但是我受不了啊，软磨硬泡，终于强行进去一半，你们猜，怎么了？"

"怎么了？"

"她哭了！"

"为什么？"

"我毕竟是个文化人嘛，也没有硬来，就问她怎么了。她说自己也不知道怎么回事，我猜想她肯定是想起自己第一个男朋友了。我们聊天的时候她说自己很爱第一个男朋友，但是男方家里不同意他和她结婚。后来她与自己现在的男人结婚后因为她不是处女，男人一直有些介意，所以两个人感情不是太好。"

"后来呢？"

"后来她问我男人为什么会花心。我对她说：'因为女人需要欣赏，需要赞美，需要爱。你们穿着漂亮的衣服，有着优美的身段、漂亮的脸，这会让男人渴望拥有。男人不断地追求女人，每一个目标的实现，都会让男人有一种成就感，这种成就感来自奉献的喜悦，就好像占领了一个山头，攻下了一座城池，渐渐地他感觉自己是一个国王，拥有了自己的国度。但是这又与爱情，与社会道德背道而驰，不过我觉得，花心不是男人的错。让我们背叛爱情吧，我想要你！'她被我说服了，那时候我感到自己像别的男人那样和她成为一体，她睁着眼睛看着我。我看到她睁着的眼睛，感到她好像要从我的脸上和身上看到关于爱情的内容！"

"你觉得她看到了吗？"李明亮笑着说，"你觉得自己成为国王了吗？"

"请认真点好不好？我想，她会享受我作为一个男人给予她的那种爱，很显然——如果她不是我喜欢的，无法激起我的欲望，我也是不会和她认识的，因此不能说我对她只有欲望，我对她也有着一种短暂的爱。我拉着她的手，送她回去的时候，一路上看着城市中的万家灯火，想起那些与我有过关系，后来又不再联系的女人，我感到人生既美好又孤独——第二天与她告别后，感到有些沮丧，也有一些难过，你们知道为什么吗？"

"因为你觉得自己可以爱上她，但那又是不可能的！"

"错，那是你的感受，我根本不可能去长久爱一个人，我是觉得自己活得没有意义——凭什么我就那么花心，不断地去追求陌生的女人呢？凭什么我要听从自己的欲望，让自己身不由己？凭什么我要扮演一个女人不领情的，我却自以为是的要拯救女人的男人的角色？"

"是啊，凭什么？"

"你们看过马尔克斯的《霍乱时期的爱情》吗？在这本书中你可以了解什么叫爱情，也可以看清楚男人是什么——这本书写出了所有爱情的可能性，所有的爱情方式：幸福的，贫穷的，高尚的，庸俗的，粗暴的，柏拉图式的，放荡的，羞怯的……故事围绕着阿里萨对费尔米娜半个世纪的爱恋。阿里萨苦苦追求过费尔米娜，但由于门第悬殊以及两个人之间的误会，费尔米娜嫁给了当地一位受人敬仰的医生，婚后五十多年一直平静地生活着。她的丈夫常常对她说：'请你永远记住，一桩好婚姻中，最重要的不是幸福，而是稳固。'阿里萨得知费尔米娜结婚后痛苦不已，他决定守候在费尔米娜的身边。他的愿望是，有一天，费尔米娜的先生亡故，她成为寡妇后，他就可以重新追求她。有了这个目标后他决定终身不娶。在漫长的五十多年中，他有了金钱和社会地位。虽然没有结过婚，阿里萨在五十多年中却有过 622 个情人。他经历一个女人，就会记录下来，并且把费尔米娜假想成倾诉的对象。费尔米娜的丈夫终于过世，阿里萨开始重新追求他心目中'戴着王冠的仙女'。阿里萨的最后一个情人是个 16 岁的少女，费尔米娜来找他时，他和少女正在床上。他对费尔米娜说：'我始终为你保留处子之身。'我操，这太经典了！男人与女人对待爱情的方式不同，男人可以理性地区分出什么是精神之恋，什么是肉体之爱。女人却感性地认为精神与肉体是一体的，只有真正有了精神上的共鸣，才可以有肉体上的接触。"

"你想说明什么呢？"

"我想说明我就是阿里萨式的男人！"

"算了吧你！"

"唉，女人永远理解不了男人，正如男人也永远无法真正理解女人！现在就连你也无法理解我了，看来我的境界实在不是一般人比得上的。"

第十一章　情　人

　　有一位叫西菲的女诗人，因为喜欢上李明亮发布在网上的诗歌，便开始给他写信。在世俗的层面上，那多少显得是有些冒昧的。那时她只是在网上读到李明亮的诗，看过李明亮的几张照片。

　　西菲觉得像李明亮在现实里不会缺少女人喜爱，她当时也不过是需要爱上一个能够爱的对象，通过那种生命里自发的爱恋来填充和滋润她那颗多情却日渐枯萎的心。她因为有了想象中对李明亮的爱恋而获得了充盈，仿佛在生命的荒原里打了一眼井，涌现出清澈明净的泉水。她是个挖井的人，李明亮在网上的文字和照片便是那从地下缓缓不断涌现的泉水。通过阅读，她感到那欢乐的泉水流经她身体的每一个部分，让她感到生命里的爱变得纯粹且美好，让她顾不得世俗的道德约束想要爱他，要给予他自己想象中的爱。

　　西菲并不想要占有李明亮，仅仅是想要让他感受到自己在爱着他。通过李明亮的诗，她明白他也爱得很多，却如同爱着自己的一个想象，在这一点上，可以说与她一样。在枯燥乏味的日子里，她默默在忍受着孤独和寂寞，作为人，却还不如一朵花、一棵小草那样活得美好而自然。有谁会拒绝一种真诚的，哪怕是怀有隐蔽的欲求的爱呢？何况对方还是一位有灵性的，有着多汁情感的美丽女士？西菲对自己是有信心的，同时她也知道自己有些傻气。一直以来，她的那颗心在吁求美好的一切来填充和渲染，她的灵魂也令她无法甘心平平淡淡地过日子。

西菲感到自己实实在在的肉体因为那种有爱的感觉变得透明了，她觉得再也无法隐藏那颗多情且美妙的心。

亲爱的明亮：

我必须要用"亲爱的"来称呼你，给你写这封信！

以后我决定每天给你写一封信，并希望能坚持得更久一些。

我感觉到了，你就是我在找寻并渴望的那个人，就是我那位无数次想象的，最亲爱的人！当我在键盘上敲出这几个字时，我感觉到真的爱上了你，因为我心的花儿在为你不断开放，如精灵一般为你舞蹈，如鸟儿一样在为你唱歌。

那种能够爱着一个人的感觉真是美好而幸运，那种爱使我的心灵涨满，即将溢出蜜汁。

我爱着你的诗歌，感到那仿佛为我写成的一般。

我是你的读者，也在写诗歌和散文。你可能并不了解我，请你抽时间到我的博客上去看看吧，请你去看看一个女子心灵的秘密花园。

啊，多么抱歉啊，我竟然爱上了你，你这个我在现实中还没有见过面的陌生人却成为我欢乐的源泉！

你会像我爱上你一样爱上我吗？

如果是，我是多么期待啊！

如果你不能，也没有关系的。我给你写信，是想表达我对你的喜爱，并不奢求你也能像我一样爱上你。

我无法隐瞒自己想对你说的话，因为你在文字中已经对我说了很多很多！

最后，请让我用德国诗人席勒《欢乐颂》中的诗句来表达我的心情吧：

一切众生都从自然的

乳房上吮吸欢乐

大家都尾随着她的芳踪

不论何人，不分善恶

欢乐赐给我们亲吻和葡萄

以及刎颈之交的知己

连蛆虫也获得肉体的快感

更不用说上帝面前的天使

……

爱你的西菲

欢乐颂

李明亮读完西菲给自己写的信，在网上很快搜了她的信息。

西菲有一个博客，上面有些她写的诗歌和散文，也有一些她的照片。李明亮大致确定了她是一个什么样的女子。她用诗文记录了对生活的感悟和人生的思考，文字朴素流畅，有着欢快的节奏感，内容既有淡淡的忧愁，又有着对一切美好事物的渴望和祝愿。照片上的她面容静美，大眼睛明净含情，笑意盈盈，小小的鼻子下面，是红红的嘴唇，微微张着，露出一线白牙。

李明亮喜欢她，觉得她就像周小凤、马丽、余小青综合在一起的形象，似乎也是他理想中妻子的模样。

李明亮给西菲回了信：

亲爱的西菲：

　　谢谢你对我的喜爱！

　　收到你的来信后，我在网上搜索了你的文章，也看到了你的照片。你是有才华的，我喜欢照片上的你。你给我的感觉就像是我心里熟悉的人，这种感受真好，真难得。

　　通过你的来信我知道你是一位特别的女子，你有爱着一切的美好，这使你也变得更加美好。我一直希望自己如此，我也在爱着一切，并感到会因此而美好。

　　然而我们在各自的生活现实中也必然会经历着各自的人生。在将来我们会不会在现实中见面，会不会融入彼此的现实生活？这也许并不太重要。我想，无论将来如何，我们已然认识了。在这奇妙的世界上，两个有着奇妙的心的人认识了，这是美妙的缘分！

我希望能带给你美好，然而也担忧此刻所无法说清楚的将来！

亲爱的，你这么称呼我，我也这样称呼你好了，这种自在的称呼发自内心，是多么好啊！不过我却感到有些不适，因为我明显感到自己有世俗的一面，同时也感到这像是一场游戏的开始。

请你不要介意我的坦诚，我得说出我的感受。

相信我们同样是渴望爱，爱得更多，对这个世界所有人心怀祝愿的人，但我又在想，凭什么要这样呢？我们是否有资格去爱得更多和获得更多？哪怕我们心甘情愿去付出更多，我们是否也打扰了这个世界上，那些我们所熟悉的，或陌生的人们的存在呢？若我们可以强调我们的自私，生命中的真实，对爱的渴求，对善与美的需要，那么我们是可以无所顾忌地去相爱，而不管其他的！

你的诗文向我呈现出一个值得爱的你，你那颗爱着一切美好的心让我感到珍贵。我渴求拥有那样的一颗心灵，与我的心灵相知相伴，穿过我们的生命时光与现实世界，一起走向远方。

亲爱的，是的，敲下这几个字时，我的确是有了爱的感觉了。这很神奇，因为此刻我在想象着你，或许你也在想象着我——我已经感到自己沐浴在金色的阳光或银色的月光下了，我感到自己如同在空气清新的野外被微风吹拂，感到自己如同在大海边淋着细雨想要放声为你唱支歌！

我要对你说声谢谢，因你的阅读、你的来信，使我不仅仅存在于我的时空，还存在于你之中，你的世界中。因为你对我的想象，对我的爱，我感到你的美好也使我变得美好。有时我们的确需要在自我生命中纳入一个美好的人，也需要让一个同样美好的人纳入自己的存在。如此我们仿佛在别处生活，在活得更多，在感受到生命的一些永恒。

我感到我的心已经开始在为你而跳动！

当我停下敲字，用手捂住心，我明显感到心的跳动，它有些激越澎湃，有些妙不可言！

此时你在我的远方，或者已入眠，祝你做个好梦！

也在爱你的李明亮

西菲收到李明亮的信，很快就回复了：

亲爱的明亮：

我太高兴了，我竟然收到了你的回信，谢谢你！

是的，我们从来还没有在现实中见过面，但我在看着你的照片时，我感到是见过你的，我有种熟悉和亲切的感觉。现在我闭上眼睛仿佛就可以看到你了，你瘦高白净、眼神明亮、乐观向上，你经常微笑着，又有些忧伤，如同随时随地要对谁倾诉衷肠。你的牙齿整洁、嘴唇红润，让我想把自己的唇也送上！

我爱你，不得不说，我爱你！

我已经在心里感谢和祈求上帝了，因为我已经等得太久了。

现在好了，终于等到你的出现。

我真得感谢你让我有了爱一个人的感觉。

说句犯傻的话，现在我有些希望早日见到你，能够无所顾忌地扑进你的怀里，用我的指尖轻轻触摸着你的肌肤。那时我们什么话都不用说，就让我们沉浸在爱的河流中吧……

我想我应该是会害羞的，但我真的想要这么说。

我会用胀满的胸部，紧紧贴着你的身体，让你感受到全部的我，就像一朵花在倾心散发出芬芳，为了另一朵，为了一切有爱的生命。我会用一种充满母性的纯洁与丰裕的爱来爱着你，而你就是我的欢乐和幸福和一切！

我会因为你在我的怀中，在我的身体里而战栗，我的幸福会是满满的，是的，那种幸福会如春潮涨破了河堤，会欢乐得像鸟儿自由畅快地飞翔在蓝天里！

你知道吗，当写到这儿时，我的心有隐隐的疼痛感。这是爱上你的原因吗？自从在网上看到你的文章，你的照片，我一直有些失眠，因为我心里满满的全都是你。

我已经在心里爱你了，好像已经很久、很久了。

你让我相信，如果我走到你面前，你也会像我爱你一样爱上我，并不夸张地说，因为你爱的会是我的同样有爱的灵魂，而我的灵魂可能是这个世界上最配得上你的灵魂的了。

请原谅我那么直接表露自己的内心，像个毫无防备的小姑娘一般，像不要命的飞蛾扑向火焰一般！这一切全都是因为我爱上了你！

虽然我对你有许许多多的话要讲，可是我不能再写了。我感到自己的脸红了，我的呼吸使我无法再坐在电脑前打字了！

请让我吻你，吻你！

爱你的西菲

李明亮读到西菲第二封信时，他担心自己和她之间的感情存在着一种滞差。因为他意识到自己是个对女人有着鲜明欲望的男人，他在心里仍然爱马丽和周小凤，他们之间还有着未知的多种可能。同时他觉得，虽说爱使人欢悦充实，可也同样会让人疲惫和空虚。他无法，或者说也不愿意给予马丽和周小凤将来，却又不想与马丽和周小凤断绝关系。

李明亮知道人生没有完美，爱也不是长久地彼此占有，而人生只有一回——他想要爱得更多，更加自由一些，他想要活得符合自己的心意。他相信世界上漂亮聪慧的，有灵性有才华的女孩多得是，自己也不会心如止水。世界上有那么多男人和女人，他也很难想象马丽和周小凤会对他从一而终，不会对别的男人产生想法。花花绿绿的世界的确给每个人许多选择的机会，会有着一些难以抗拒的诱惑，让每个人变得复杂，甚至变得不可思议。

李明亮在与西菲通信的同时，还游走在马丽和周小凤之间，以至于让孙勇觉得，李明亮的世界桃花盛开，万紫千红，走了狗屎运。也正是在那段时间，无聊的孙勇把公司里的文员小菊给软磨硬泡地搞到了手。不管他对小菊是不是有真诚的爱，那种爱是否纯粹，但却真实地发生了。

西菲依旧每天给李明亮写信，只是李明亮感觉到写回信成了负担。此外，他在对西菲说爱时多少有些言不由衷，有些被动。尽管他喜欢照片上的她的模样，喜欢她在信中对自己的想象和思念——同时，那也激发了他作为男性的欲望，使他想要与她有一次面对面的交流，甚至剥光她的衣服，通过彼此肉体的合二为一去探索她真实的存在，而不仅仅是停留在思想情感的交流上。后来李明亮给西菲写回信时，坦诚了自己的想法和感受。

亲爱的：

我们还从来没有见过面，我无法像你想我一样想着你！我不知这么说对不对——你不必天天写信，因为你写信我是要回的，有时我不一定有想写的内容。尤其是关涉到爱的话题，如果尚不能确定那种爱，写起来很容易变得空洞无物。

我们之间可以说的话题有许多，例如在通信时可以谈一谈我们最近阅读过的书，谈一谈我们各自的生活，甚至谈一谈我们各自的朋友……

我更希望有面对面的交流，而不只是写信。

写信，这时刻在提醒我们天各一方，有着空间距离，甚至让人怀疑这就是一场梦。

我们是两个本来陌生，通过文字在网络上相爱的人，那种爱就如同蓝天上的白云，看得到却摸不着。我在想是不是要与你见一面，以确定我们之间是不是该这样继续下去了。因为如果你的爱得不到相应的回复，得不到重视，你的想象有一天就会苍白，你的爱也会渐渐在心中熄灭。

我不愿意你收不到我的回信，还一如既往地给我写信。那样会使我觉得辜负了你的一片美意！

请原谅我这么说！

李明亮

西菲很快又写了信：

亲爱的，亲爱的，亲爱的：

我多想站在你面前，躺在你怀里，叫你亲爱的！

可是，我也感觉到了，通信使我们感受到彼此之间的距离。

尽管在想象中我和你已经亲密无间，但在现实中却还没有见过面。是的，是的，我该克制我对你的爱，唉，这对我却又是折磨，因为我太渴望，而生活中我们所能得到的爱又太贫乏——或者说我对这个世界爱得太多，而得到的却相对少了！

我对你说一说我的生活吧！

我在一个小县城里出生成长，师专毕业后在一家企业做行政工作。我的工作不算忙，有很多时间可以去城外的田野里走一走，吹吹风，闻一闻田野间庄稼的味道。我喜欢爬山，县城附近的几座山几乎被我爬遍了。我喜欢山野中奇形怪状的树、野花、鸟儿。它们属于大自然，在生长的过程中以自己的生命存在爱着世界。我相信它们都有自己的语言，它们本身就是诗句。当我看到它们时，它们就会在我的生命中呈现，并传达一种真实和美好，滋润着我的生命和灵魂，使我无法不热爱一切，无法不想要有所创造！

我的许多诗歌都写了它们，我爱它们，我对它们的那种爱储存在生命里、心里，在感觉中它们又使我变成了植物，伸展着枝叶；它们使我变成了花朵，渴望盛开；它们使我变成鸟儿，想要飞翔或歌唱。我爱的源泉来自它们，我的爱除了它们还在渴望远方有个男人，于是你出现了。

虽然我比你大两岁，但在心里我仍然是一个小女孩。因为许多年来，我一直生活在我们的小县城，一直没有出过远门。县城就是我的世界，我闭上眼睛就可以想象它的全貌：哪里有一条河，一座桥；哪里有一个电影院，一所学校。我熟悉县城里的每

欢乐颂

条巷子，也走遍了县城周边的每个乡村……

我有过一次不成功的恋爱，那是十年前的事了。他是我的同学，我们一直相处得很好，那种好是朋友的好，谈不上是爱情——爱可能也有一点，但我觉得他并不是我真正想要的人。也许这世间就没有一个我真正想要的人，因为在本质上我渴望自由，需要孤独所能给我带来的一种内在的，相对沉默的自我的欢乐。

我觉得自己适合过一种单身的生活，家里也给我介绍过许多对象，但我不愿意去见，除非不得已。我一直在与现实，与传统的东西做着抗争，我喜欢随心和自然的东西，我喜欢远远地爱着一切的感觉，有时候我能感到自己的心在唱歌！

我的父母退休了，他们对我很好，很宠我。我也有不少好朋友，都不是写作的，平时只是在一起玩得好，并不能与我在一起谈论文学。同龄的人基本上都结婚生孩子，许多人过得也挺幸福。他们的那种幸福也不是我所需要的，我需要的爱情是想象中的，是那种使我飞起来，像火把一样燃烧起来，照亮我所有孤独夜晚的爱情！而所有的爱情，最终还是要落到现实中来，这使我困惑……

我家有一栋简单的房子，有个院子。院子里种了丝瓜、茄子、西葫芦、南瓜。我还养了一些花，花有些是我从山里移植的，有兰花，有野菊，还有些我都叫不出名字来的小花草。我生活在那些自种的蔬菜和花草中间，觉得很幸福，我已经在想象中和你一起偷偷享有那种幸福快乐的感觉了，虽然你在遥远的深圳那座我感到陌生的城市。

亲爱的你知道吗，我所有的信都是在晚上写给你的，夜晚可以沉淀白昼的喧嚣，使我放松，回到自我，使我心中的爱变得鲜活有力，使我感到在飞，在奔向你的世界！

我在给你写信的时候通常会冲一杯咖啡，我喜欢喝咖啡，闻着咖啡的香味我的思绪会飘得很远。有时我还会打开窗子，看一看天空中闪烁的星星，星星很亮，在水里洗过一样。有时夜晚的风会从高处，从远处吹来，吹进我的房间。我会想到星星是你的眼睛，在朝我眨眼。我会想到风是你的手，在轻轻撩动着我的发丝，抚摸着我的脸颊。夜深人静的时候，小虫子会在墙脚，在花草间唱歌，这时我的心也在想着唱给你听，说给你听！

我已经无数次想象过与你见面的时刻了。

如果你来，我会跑去车站接你，会一眼看到你，接着我会冲过去与你拥抱。我可能不会习惯当众与你亲吻，但我真想那么去做。我会带着你坐上蹦蹦车，在我们最好的宾馆安顿下来——我会在房间里与你亲吻，一直吻到我们喘不过气来。

我也许还会流泪，因为我会很激动。我想你为了安慰我，会脱掉我的衣服，我相信你会的，因为你是我的男人。我愿意被你脱光，被你紧紧地拥抱。我想要你亲吻我，吻遍我的全身，吮吸我，抚摸我……我会湿润，从我的内部燃烧起来，浑身发烫，我会忍不住呻吟，而脑海中会一片空白。

　　我甚至会想要和你生个孩子，他会慢慢长大，而我们会慢慢变老，我会心甘情愿变老，在家里等候着到世界上去的我们的孩子的消息……

　　我爱你，你来吧，让我们欢乐的时刻快一点到来吧！

爱你的西菲

　　西菲的来信使李明亮的身体有了变化，那是爱欲的腾起。他想给西菲打电话，虽说他们相互交换了手机号码，却还一直没有通过电话，就连短信也没有发过。他有几次想要打西菲的手机，但忍住了，他不知道怕什么。

　　李明亮在回信中回应了西菲的想象，也向她介绍了自己的生活和他所担心的一些事情。

　　亲爱的西菲：

　　读了你的来信，我失眠了。

　　我一直想给你打个电话，但又怕听到你的声音，也怕你听到我的声音，仿佛我们的声音会透露各自的灵魂，而我们的灵魂像风、像雨、像雾一样难以捉摸和描述。它真诚而虚伪，纯粹且极端，容易让我们误解自己和别人，误解世界，因此我们不愿意显露和感受到它的存在，所以我们至今还没有通过电话。

　　从你的信中我看到，你是一个真诚纯粹的人。你渴望我的出现，而这也正是我的渴望。你谈了你在县城中的生活，设想了我们的将来。你在爱着全世界，全人类，一切美好，因为你的灵魂一直在唱歌。是的，也许正如你所说的，你的灵魂是这个世界上最配得上我的灵魂的人了。

我真得感谢你这么说。你拥有这种爱应该获得很多爱，但你在现实中却又是孤单寂寞的，虽然你说那也正是你体验沉默且自我的生命欢乐的需要。也许很多人都会有这样的感受，我也有。我会抚摸着我的身体，会在深夜独自小声歌唱。那样的孤独真好，好得让人想要莫名地流泪！

我在与你通信，与你相爱的同时，心里还有着我喜欢，或者说是爱过的女人。另外，如果我们建立了一种恋爱的关系，我是否该放弃我的工作去你在的县城，和你在一起生活？还是你放弃现在的工作，你的世界，来到我的身边？这些都是现实，有时我们不愿越过那些现实，因为我们都活得自我，都有着自己内在的甚至是盲目的欢乐体验！

我在与你通信，对你说爱的时候，我的心里是有些不适的。我觉得自己不够纯粹。我现在真的不知道是不是还在爱着谁，我也想过是不是应该由你的出现来完全取代她们。这是复杂的，我们生活在复杂的人际关系中，现实的世界里。虽说我渴望纯粹，但我并不纯粹了。我渴望爱情，但并不真正配拥有爱情了。

我所具有的只是一种精神上的富有，但我所追求的精神上的富有还能保持多久呢？我不敢确定。尤其是想到与一个女人结婚，与她负担起生活责任时，我就会想，一定要走那样的一条人人都在走的路吗？一个人为了得到爱，得到家庭的幸福，一定要牺牲掉自由，扑到水深火热的现实中吗？

也许我不该抛出这么多问题，但有时我是悲观消极的，而在给你写这封信的时候，我正处在消极时刻。

我很想投入且不顾一切地去爱，但我却想到了那许多现实问题！因为爱情美好，又是让人矛盾和迷惑的。你的来信，你的出现，让我感到自己真该去爱了——尤其是你的美，正是我所喜欢的那种美。你的微笑，以及你的忧郁气质都是我所喜欢的。但我仍然活在过去的感情中，生活在我的想象里。过去的种种合在一起，在我的情感和思想深处正演奏着一场以欢乐为主题的交响曲。欢乐如同一朵花儿，它是在我孤独、忧愁、痛苦、消沉等情绪和思想的根叶的基础上盛开的……

你在信中说你想吻我，看着我的眼睛，一直看到我的心灵，我的灵魂，进入我的世界。你渴望脱光所有的衣服与我合在一起。是的，是的，我能够理解，这多么美好啊。我们渴望着整个世界的美好，希望用全部的自己融入其中，成为美好的部分。

你至诚至真，敢于说出自己的想法，不担心我是一个世俗的男人，会嘲笑你、亵渎你。事实上有时候我会怀疑，会想到我们之间的爱是不是可靠的，我们相互通信的关系能保持多久。我经历过爱情，知道爱情美好，我也明白爱情是善变的，不可靠的！瞧，我说出这样的话，一定会让你失望了吧！

我渴望远方，也正走向远方。所有的人都在走向远方，不管现在过着一种怎么样的生活，我们都属于未来。我们的心在远方，爱在远方，同时又在现实之中继续生活，必须面对一些现实的问题⋯⋯

李明亮

西菲收到李明亮的信之后，觉得完全理解他，并能包容他的一些想法，包括他的过去。她对他的爱不是占有，而是她生命中的一种需要。不过李明亮心里还有前女友，让她多少还是有了一些说不出的难过。尽管她在心里也为他的坦诚，他拥有爱的女人感到高兴——仿佛因为他有着爱的人，她也可以不必专情于他，有了理由去爱得更多一般。

西菲并没有急着给李明亮回信，而是从家里走出去，买了两瓶啤酒，拿回到卧室喝了。喝了酒，照了照镜子，发现脸变得通红。她对着镜子笑了，觉得自己是美好的，这个世界也是美好的——只要有了足够的理解和包容，这个世界便会是美好的。她在想，是不是该给他打个电话？

尽管还没有想好要对他说什么，但电话已经拨通了。

"你好⋯⋯我是⋯⋯"

"噢⋯⋯你是⋯⋯"

西菲听到李明亮的声音时，心里也开始慌乱起来，不知道究竟为什么要打电话，打电话要说些什么。

彼此停顿了几秒钟过后，西菲又客气地说："没有打扰你休息吧？"

李明亮说："没有，没有……"

西菲感到有些尴尬，想早些结束通话了，便说："我也没有什么事情，就是想听听你的声音……我们还是写信吧，我一会就给你写回信，好吗？"

李明亮也不知道说些什么好，便说："好，好的，早点休息啊！"

挂了电话，西菲和李明亮的情绪都有些说不出的沮丧。西菲后悔自己喝多了，给他打了电话，又不知说什么，显得自己很冒失。李明亮也觉得自己太笨了，笨得连话都不会说。西菲的声音在他的耳边响起的时候，他明显感受到那是个陌生人的声音——那个声音有些沙哑，是他所认识的人当中，从来没有过的那种声音。

李明亮守在电脑旁，一边和周小凤在网上聊天，一边在等着西菲的来信。

周小凤说："有这么一位漂亮、有才华的女人喜欢并爱着你，每天给你写情书，我真心为你高兴！我相信你们的爱是纯粹的、理想的，但我比较现实，你要说世俗也成！在我心里，你一直是个傻瓜，当然是有些可爱的傻瓜——因此也只能有一个比你更傻的人才能爱上你。不过我相信你们的爱也不会太长久，因为这种爱虚无缥缈，风花雪月，只能用来想象；你们都是理想主义者，想要不食人间烟火，但人毕竟要在现实中生活；你们在两地，谁也无法放弃自己的工作和生活凑到一起；两个太相近的人也并不一定合适在一起。因此我敢肯定你们没有什么结果。没有结果是最好的，我相信你们也未必一定想要一个结果，对吧？"

李明亮说："是的，也未必一定要有一个结果。我给她写信时说过你了，我说尽管我感受到她的那种纯粹、热烈的爱，也非常想要像她一样去爱，可我心里还有一个人，无法完全投入地与她通信，与她相爱。"

周小凤说："你傻啊，那样说。"

李明亮说："我想她也许未必真正在意我心里是不是有你，她只是喜欢我，感觉爱上了我。给我写信是因为她孤独，需要爱一个人，我写的文字只是引发了她的爱。她的爱不是占有而是对抗自己，对抗一切的需要，是一种感受自己与别人的存在的需要。因为只有爱才能让人深刻地感受到在活着，活得有灵魂。我已经变了，当然你也变了，我们都变了。我试着去结识了一些女孩，和她们在一起过。我之所以会和你在一起，将来也会愿意和你在一起，那可能不仅仅是因为对你的爱，那或许也是一种自我的敞开，一种对未来的试探。我会想象你会和别人在一起。我想，人总有一死，人活一生应该是追求欢乐的过程。"

周小凤说："我没有你那么复杂。"

李明亮说："这不重要，在我看来，男人花不花心，女人多不多情，这都不重要。西菲让我清楚，只有真正的爱才使人活得纯粹，活得有意义，才可以使我们像星辰一样闪烁，有一些永恒的感觉！我和西菲一样，会从心里祝愿一切，包括你在内的所有人。我们祝愿所有的人能够幸福快乐，祝愿所有人在经历人生的过程中会相信并明白什么叫爱。"

周小凤说："你们是有一些傻了，你们不愿在意那些世俗的东西。"

李明亮说："是啊，她是多情的，是真实透明的，我想，如果不是必须要写信，要表达，她甚至不想要打搅我，因为那也是在打扰她自己，给她自己增添烦恼。我明白，现实中有大把的人可以让我去爱、去经历、去想象、去生活，我的心，我的灵魂在代表着我的存在的同时，也浸染着这个世界上所有人的存在，所有事物的存在，谁比谁也伟大、高尚、纯粹不了多少！我有时会想你，知道想起你什么吗？我会想起当初我爱着你时的那种傻瓜一般的纯粹。我相信每个人都会有纯粹的时候，只是我强调了自己的纯粹，自己的特别。我也会有虚伪的一面，甚至肮脏的一面，我在想要与某个女人上床时也未必首先想到的是爱情，但我又会用爱情的标准去衡量两性关系。现在我想，其实大可不必把爱想象得那么神圣，高高在上。爱存在于每个小细节中，存在于我们生活的每个角落。我不想把爱搞得那么严肃，我会见到喜欢的女人就想要她——但你不要误会，我不会没有节制。如果说爱有一些永恒在里面的话，那正是我时常会想起你的原因。"

周小凤说："你可以不用想起我了。"

李明亮说："在我的生命中，或者说在我的世界里，你存在过，成为我生命的一部分。只要你愿意、你快乐、你幸福，我会祝福你。

这绝不是虚伪和口是心非，我相信那就是爱。我也会与一些漂亮女子在一起，但如果是有爱，那样在一起会让我感到快乐，那种快乐不是用感官刺激所能代替的，那是一种可以滋养灵魂的，使生命升华的欢乐。"

周小凤说："诗人，我祝你早日找到能够滋养你的灵魂，让你的生命得到升华的欢乐！以后，真的，我们不要再联系了，我们终究不是一路人！"

李明亮回复说："也好。"

凌晨二点钟时，李明亮的电脑右下角显示西菲的邮件来了。

亲爱的：

给你打电话之前，我第一次喝了两瓶酒，我喝多了！

我需要勇气，想确定一下自己，要不要在意你上封信中所谈到的你的现实，你是不是真的。说来有些好笑，有时我想象你只是我想象中的一个男人，我给你写信，而另一个我又给自己回信！

世界真是阔大无边啊，如同我们的孤独、我们的心思一般奇妙得不可思议！

总之，我的心有些乱了！

不过，我还是想称呼你为亲爱的！

当我敲出这三个字的时候，我同时也朝着窗外茫茫的夜晚轻轻说了这三个字，是的，是的，我还傻傻地叫了你的名字……

我的泪水怎么就那么多呢？就好像全世界欺负了我一般，真是莫名其妙的眼泪。假如你在我身边多好，你一定会拥抱我，为我擦掉我眼中的泪水，不顾一切地亲吻我，要我……

这是我的想象，我真傻，我一直那么傻，而你也是那么傻。

你为什么要对我说你从前的女朋友呢？你还用了"她们"这个词，当然，当然，我全都理解，然而我即便是能够理解，又如何去应对那种内心的现实呢？我们还是自私的，还是不够纯粹！

亲爱的，亲爱的，我真想唱歌，我喝多了。

我问我自己，我的心是不是痛了，嗯，是有一些，你这个坏蛋！

不过好了，我不能让自己这么情绪化。

说一说我们通话的感受吧。

嗯，听到你的声音，是有些陌生，但这并不重要，重要的还是你的那些文字。我一直在想假如你没有一颗特别的心，有爱的心，欢乐的心，你就不会写出那么美好的诗歌，就无法感动我，让我爱上你，并因为爱上你感到快乐。因此从这方面来说，我是爱你的，没有错。

我早说过，我爱你，每天给你写信，这是我的事情，你也可以不爱我，不给我写回信。我给你写信，是因为我需要给谁写信。假如我有安徒生、卡尔维诺、里尔克这些我所喜欢的作家和诗人的信箱，我或许也会给他们写信，对他们说，我爱他们……

我真是喝多了，我们或许真的不该通电话。在通电话的时候，我本来想跟你在电话里多说一些。事实上在我还没有想到该怎么说的时候，电话就已经拨通了。在接通电话的瞬间，我觉得从自己的世界，从我们的世界，从爱的感觉中又回到了现实。我不知道说什么好了，这无形中会破坏掉我们在彼此心中的印象，不过为了弥补这个过失，我决定明天坐飞机到深圳去看你。

啊，去看你，这是真的吗？我只是爱着文字中的你啊，我们真的需要见面吗？你想要我来吗？如果你呼唤我，我想我会不顾一切地去见你的！我要拥有你，拥有爱！哪怕只有一瞬间，像飞蛾扑火一般！

其实，我从心里害怕见你，我怕见到你爱就没有了，消失了，我的心会死了。

就算是死也要去见你。我是这么想的，是的，我希望我在酒劲消退之后不要再改变想法。

如果顺利，飞机会在明天晚上十一点多钟到，你会来飞机场接我吗？你会拥抱我吗？你会把我带到你住的地方吻我，要我吗？

我要去见你，要让你知道，爱情对于我们来说不仅仅是发生在心里，还可以发生在现实之中。

亲爱的，我的傻瓜，我这个大傻瓜明天就要和你见面了，我再也等不及了，我必须要见到你……

爱你的西菲

欢乐颂

　　李明亮把西菲的来信看了两遍，他在想，要不要她来呢？她来，或许他们会有一个新的开始，当然也有可能是结束。她会不会留下来，找一份工作，和他同居？想到这些，他心里甚至有些不希望西菲来。

　　不过那时的李明亮还是有些爱上了西菲，他感受到的，她那种热烈的爱使他感动，他也愿意用自己真诚的爱来回应！但在他想要爱上的时候，却又感到有些好笑，有些难过。因为，他不确定能不能像想象中那样爱上她。他相信爱有一种气味，是一种感觉，两个人需要面对面之后才能确定可不可以相爱！如果感到将来不能在一起，他该不该要她？后来他想，如果她愿意，他将会与她合在一起，享受身体带给他们的欢乐和感动。

　　李明亮关掉手机，躺在床上，用手抚摸着自己的身体。他感受到自己的欲望，那种欲望真实得不容他否认。那种欲望是美好和基于爱的吗？他想，是的，是这样的——这个世界上所有的男女，所有男女之间的关系都是基于爱。既然人有了一颗有爱的心，就没有绝对单纯的欲望。欲望是纯粹的，包括受孕、生养都是纯粹的，是爱的体现！只是人在社会中有了自己各种各样的身份，有了各种各样的想法，爱与欲望，男人与女人之间的关系才在人的思想意识中不那么纯粹了。

　　有很多个夜晚，李明亮会想着曾经和他有过关系的女人自慰。以前他会感到羞愧，感到沮丧，甚至会感到肮脏，感到自己不配去写那些诗。但后来他想通了，他觉得自己在爱着一切，也试图去理解和包容一切，包括对自己的理解与包容！

西菲通过他的文字爱上他，给他写信，两个人相互通信，那就是一种纯粹的爱。哪怕那种通信的时间是短暂的，在现实世界中渐渐变成一种无奈与无力的行为，也是不可否认那个过程是纯粹有爱的。如果不是因为有爱，渴望爱，就不会有那种通信，也不会有心动，有触动灵魂的感受。

李明亮想象着周小凤，想象着马丽，想象着西菲的模样抚摸着自己，最终让自己的欲望升腾之后又熄灭了。房间里一团黑，他感到有些疲惫，有些难过，甚至有一种空寂感，像风一样在吹拂着他的生命。

第十二章　欢　乐

西菲走出机场出口时，李明亮在灯光下一眼就认出了她。她的上身穿着一件枣红色的外套，下身穿着一件青色的、绣着一朵荷花的牛仔裤。

她缓缓从人群中走来，李明亮在接机口挥手。

西菲也认出了李明亮，看着他，如照片上看到的，和想象中的差距不大，那使她有一种亲切熟悉的感觉，就好似很久以前就认识他了。

李明亮帮西菲提着行李，两个人默默地一起走出机场，拦了一辆的士，上车后一起坐在了后排。李明亮觉得该主动一点，于是用手拉住了西菲的手！西菲的手是温软的，因为紧张，还有点儿潮湿。李明亮微笑着，不时侧过身看一眼西菲。西菲也笑着看他，后来把身体靠在他的肩膀上。

李明亮带着西菲走进预订好的酒店，西菲在沙发上坐下来，李明亮靠在一张椅子上，两个人相互看着。有许多话都已经在信中说过了，见面反而一时不知道该说些什么。彼此看着，四目相对时都笑了。笑的内容意味深长——他们见面了，坐在同一间房子里，是真实具体的他们，而不是相互写信的他们；他们相互喜欢，如同他们的想象；他们在一起没有过去，不知道将来，而现在还不确定该如何相处！笑，似乎可以抽象委婉地说明一切，模糊一切。

李明亮起身去烧了开水，为西菲倒了杯茶。西菲说了声"谢谢"，端着茶，看着茶，又看着他。那一刻她会觉得自己在现实中是笨拙的，不知所措的。李明亮看着她，想说什么，一时也不知道该说什么合适。两个相互喜欢的人，有时需要在一个私密的空间，需要身体的接触才能打破彼此的界限。而如果不能打破，只是在各自的世界里，相互的交流会流于表面，显然他们都不想要那样。

李明亮说："你在来信中引用了席勒的《欢乐颂》，后来我就去书店买了一本他的诗集，写得真好，我把这本诗集带来了。"

西菲点了点头，轻轻"哦"了一声。

李明亮拿出诗集，挑了一段开始给西菲朗读：

　　　　欢乐就是坚强的发条

　　　　使永恒的自然循环不息

　　　　在世界的大钟里面

　　　　欢乐是推动齿轮的动力

　　　　她使蓓蕾开成鲜花

　　　　她使太阳照耀天空

　　　　望远镜看不到的天体

欢乐颂

她使它们在空间转动
……

从真理的光芒四射的镜面上

欢乐对着探求者含笑相迎

她给他指点殉教者的道路

领他到美德的险峻的山顶

在阳光闪烁的信仰的山头

可以看到欢乐的大旗飘动

就是从裂开的棺材缝里

也见到她站在天使的合唱队中
……

西菲微笑着，静静地听着。后来她从李明亮的手中拿过书来，自己也接着读了一段：

欢乐从酒杯中涌了出来

饮了这金色的葡萄汁液

吃人的人也变得温柔

失望的人也添了勇气——

弟兄们，在巡酒的时光

请你们离开座位

让酒泡向着天空飞溅

对善良的神灵举起酒杯

……

西菲看着李明亮说："是啊，写得真好啊，有酒吗？我突然想要喝点儿酒了！"

李明亮点了点头，下楼买酒上来，两个人在房间里喝酒。似乎彼此敞开，达成身体接触的目的，需要一个仪式，诗是他们的仪式，而酒也是。

他们默默喝了一会儿，坐在了一起。

李明亮和西菲的脸都红了，他们相互看着，终于拥抱在一起。爱欲在彼此的身体里如同两条奔腾不息的河流，使他们渴望用吻融入对方。于是他们亲吻，唇与舌纠缠不休，呼与吸的气息相互交流，激发和点燃彼此生命的火焰。在他们中间，爱的确是存在的，爱在燃烧，使他们的生命感受到那种爱的光与热，使他们感到彼此在无限地接近，渴望结合成一体，成为永恒。那时他们不再是他们，而是像两只小动物在贪婪地享用着彼此。他们相互剥光对方的衣服，肉体与肉体纠缠不休，心与心相互吸纳，灵魂与灵魂相互侵袭，仿佛是因为对爱的渴望，他们终于融为一体，并以此确定了他们在这苍茫人世间的关系！

欢乐颂

那是美好的结合，整个过程，他们不仅仅是在享受身体的欢乐，也在享受精神上的欢乐。他们在否定人在世间的虚伪和痛苦，在无私地奉献自己以成全和拯救对方。比梦还要美好，比美好还要淋漓尽致。他们发出事后让他们回想起来会害羞的呻吟和吼叫，做着事后回想起来会让他们感到可笑的动作，一起飞升到欢乐的天堂，又一起坠落在地面上。安静下来时，他们感到一切都顺理成章，水到渠成，完美无缺。虽说消停下来后彼此还是有些尴尬，有些不好意思，那是因为他们无法判定他们的未来，多少有些预支或背弃了未来和世界的意思。

李明亮说："真的想要谢谢你的到来，留在北京吧，和我永远在一起！"

西菲微笑着，看着他，觉得这世界上只有他们两个人，而两个人各有各的孤独，各有各的方向。她喜欢他，爱着他，但却觉得他的提议并不符合他们的现实。因此她轻轻地摇了摇头说："不，我们并不需要在一起生活，因为我们注定会在彼此的远方。我们可以在各自的远方自由地爱着，相互思念，有时间也可以见面在一起——我们可以过各自的生活，你也可以去喜欢上别的女孩。我还会继续给你写信，就让我们保持通信吧，我想这样会更好，不是吗？"

李明亮感到有些意外，他说："以后我们写信是像朋友一样，还是像恋人一样？"

西菲说："或许是像亲人吧，我觉得你就像我的一个亲人，我们在前世一定是认识的。"

　　李明亮也有那种感觉,而且他觉得西菲的话有道理。两个人相爱,为什么一定非要在一起呢? 真正的爱未必就一定在现实之中,在现实中真正的爱也未必就能保持长久。因此他说:"谢谢你给了我爱的感觉,你使我相信,我们生命中所具有的灵魂会使我感受到一些永恒! "

　　李明亮和西菲在他们私密的空间里,整整三天三夜,他们吃饭,聊天,睡觉,他们一次又一次地融为一体,一次又一次地深入对方,然后又回到自己。他们忘记了外面的世界,感受到放纵的快乐。他们不可能总是那样下去,西菲还是要回去的,李明亮也还有他的事情要做,他要面对一些人。

　　西菲回去后仍然给李明亮写信,但李明亮却不太习惯写回信了。尤其是在两个人有了那种淋漓尽致的亲密接触之后,他觉得不需要再通过文字来交流什么,至少不应该那么频繁,那会使他感到麻烦,力不从心。虽然西菲早就说了,她想与他远远地爱着,但他却越来越觉得自己不想那样爱着了,或者说他所认为的在远处的爱,应该是那种纯精神上的,宽泛的,没有具体所指的,对美好的一切的爱,而不是一个想见到隔着时空的,不能见到的人。在西菲离开一个月后,李明亮决定和马丽结婚了。

　　李明亮和马丽在一起,没有和西菲在一起时的那种激烈燃烧的感觉,似乎他们在一起不过是在相互安慰,相互需要。恰恰是那种平平淡淡的感受,让他感到舒服自在,甚至也有了想要和她结婚的想法。马丽在经济上是富有的,而人在都市中生活离不开那些物质的东西,

欢乐颂

李明亮现实起来，认为应该握住马丽，让她属于自己，让自己也放弃一些对花花世界的渴望。那时的他甚至认为，肉体的欢乐是人生命中一次次燃放的小小火焰，没有必要太华丽，太强烈，太炫目。

李明亮看着马丽，觉得她曾经是自己的，现在是自己的，在将来也有可能是自己的，而他也想要成为她的，他觉得自己爱着马丽像是在爱着人性的真实与复杂，爱着整个时代的纷纭变幻，爱着爱的一切可能。要想让那种爱落到实处，他必须与她结婚。

李明亮对西菲说了自己的情况，西菲回复了，她祝福他们，从此也没有再给他写信了。李明亮想，不联系也好，既然他想要与马丽步入婚姻的殿堂，那么他也不再适合与西菲保持联系了。

一年后，李明亮写的诗集出版了，他想要给西菲寄上一本，却没有她确切的通信地址。他去了西菲的博客，为了逃避她，他有相当长的一段时间没有去她的博客。结果他看到了一张照片，照片上的西菲抱着一个刚出生没多久的孩子。他心里一惊，脑子里顿时嗡嗡的如同塞进了个马蜂窝。

李明亮给西菲打了电话，通话的过程中，他确定了那是他的孩子。

李明亮立马买了一张机票，飞去见西菲。

孩子才几个月，眼睛特别像他，李明亮抱她的时候，她用那双乌溜溜的眼睛盯着他直直地看，看得他的心一下子就软了、化了，湿漉漉的像被拎出水面的一条鱼。他心里有种说不出的难过，又有着一种说不出的欢悦。他做爸爸了，这是他以前几乎想都没有想过的事情。在一个娇嫩的小生命面前，在他肉乎乎的小小的女儿面前，他觉得自己应该生活在她的身边，好好爱她，陪伴她成长。

李明亮与西菲有了一次长谈，他责备西菲在怀孕后没有告诉他，问她有没有考虑过和他在一起生活。因为女儿，他有了和她在一起生活的想法。

西菲不想让他和马丽离婚，她觉得琐碎的现实生活有可能破坏两个人爱着的感觉，她认为心里有一个人也不一定非要在他身边。她说自己对李明亮的爱像阳光照过去，像雪花纷纷扬扬落满一地，而他不过是行走在阳光或雪花中的一位旅人。

看着西菲，李明亮觉得那种从远方开始的爱是存在的，因为他感觉到那种爱在持续地奔向他，在影响着他，让他焦虑不安。

那天晚上，他们又在一起了。

他们彼此赤裸着，从对方的身体上感受自己，感受彼此生命灵魂中的真实与模糊。他们通过身体进入彼此，似乎相互证明和记忆对方的存在，要成为对方。他们从身体深处发出呻吟或尖叫，那种欢乐的声音如同从身体的碰撞中产生的神奇的火花，带着他们进入极乐的世界。

最终，他们得回到自己，回到现实的世界。

李明亮安静地躺在床上，感到自己的灵魂像一条湿漉漉的腾空而去的龙，还没有真正回归身体。他的眼睛盯着天花板，不知有了什么感触，也不知何时眼里有了晶莹的泪水。

欢乐颂

西菲靠过来，望着他，用嘴唇把他的泪吸进嘴里。那种淡淡的苦涩扩散开来，变成了雾状的东西弥漫在她的世界里，使她有了莫名的难过，又使她有了隐隐的满足。那种爱如此美好而真切，使她想要再次发动他的身体，渴望让他沉浸在自己肉体的欢乐中，忘记一切！

后 记

这部写于 2005 年的小长篇，三年前修改过一次，这次出版又修改过一次。

现在看以前写下的文字，仍感到熟悉和亲切，因为这些文字流露出我当时真挚的情感与想法，那些情感是真实的，那些想法仍然成立，且会让我有过去的我向现在的我聊起过去，穿越时空的感觉。

写这部小说时，我想写出年轻人爱与欲的真实。在我看来，每个鲜活的、有思想情感的人，难以否认地都在吁求着爱与欲的欢悦，以充实和丰富自己，抵御生命中的孤独与寂寞，使自己活得更加有意义。在寻求过程中，人不会总是心想事成，人会因为想得到什么而变得复杂纠结，变得虚伪世故，甚至变得面目可憎——在我们的道德伦理意识中，小说中的李明亮是如此，孙勇亦是如此。

文学作品试图呈现人性的真实与美好，即使是对虚假丑陋人性的揭示，也要怀着理解与包容的态度。因为人在社会中是多面的，如果人只愿意去认可和赞扬好的一面，一味否定不好却也真实的一面，就很难与自己和他人达成和解。

欢乐颂

海德格尔说过，艺术作品中有真理。在我的感受中，真理往往不是我们以为如何，而是更倾向于我们感觉如何。"感觉"基于自我，基于人性中的真实与纯粹，而"以为"则多半基于社会性的、众人的认识，有着合乎道德文化要求，却遮蔽了自我与人性的真实与美好。

这是一部试图呈现人性的真实的书，我亦怀着美好的渴望写了这部书。我现在写不了过去所写下的这种小说了，因为现在的我和过去相比有了变化。正如青春期写作往往不会考虑太多技巧的问题，一味凭着所谓的才情，跟着感觉走，而这终究影响到理想小说应有的样貌。在现在的我看来，好的小说至少应有着成熟的叙述语气与架构，在这方面，这部书是有所欠缺的。

承蒙百花洲文艺出版社不弃，愿意出版此书。也感谢你的阅读。我相信阅读不仅使你，也使世界变得更加纯粹和美好。